CONTENTS ✦目次✦

✦カバーデザイン＝chiaki-k（コガモデザイン）
✦ブックデザイン＝まるか工房

イラスト・カワイチハル✦

明日《あした》になっても傍にいる

椎崎 夕

幻冬舎ルチル文庫

明日になっても傍にいる

0

——いったい何が起きたのかと、思った。

「え、ちょ、待て待て待てって、おま、何考え……っ」

無造作なようでいて妙に丁寧なやり方でベッドの上に転がされて、伊勢晃太郎《いせこうたろう》は悲鳴のような声を上げた。

「往生際が悪いなあ。ここまできて説明が必要？」

定番の、日溜《ひだ》まりみたいなのほほんとした空気をそのままに、十年来の親友である長塚仁哉《ながつかひろや》が言う。やんわりとした、そのくせ抵抗できない程度に強い力で晃太郎を押さえ込んできた。

「いや待て落ち着け、おまえおれが誰だかわかって」

「……？　晃太だよね？　何それ、今さら」

引きずり込まれた親友の寝室は暗く、廊下から漏れる明かりが逆光となって仁哉の表情がはっきり見えない。それでも、口調からきょとんとしているとは察しがついた。

ちなみにおとなしく連れ込まれたわけではなく、不可抗力だ。有り体に言えば、飲みすぎて足腰が立たなくなったところをやられた。

「何それ、も何も、——だから待て、何でこうなる⁉」

久しぶりに、仁哉が経営する珈琲店《コーヒーてん》に立ち寄っただけだ。いつものように夕食をご馳走になった後、お互いの近況を肴《さかな》に飲んでいた。いつになく飲みすぎたのは事実だが、それは明日が休日で今夜はここに泊まる予定だからであって、こんな事態は想定していない。

「この期《ご》に及んで考え事って、余裕だよね」

「は？」

耳元で、揶揄《やゆ》混じりの声がする。近すぎる距離に我に返った直後、胸元をじかに撫《な》でられて、ぞわりとしたものが肌に走った。

「いやちょ、何……だからおまえ、どこに触っ……」

慌てて視線を落として気づく。いつの間にか、部屋着兼寝間着になるスウェットの裾が顎近くまで引き上げられていた。下に何も着ていなかったせいで剝《む》き出しになった肌を、見知った長い指が撫で回している。

「どこって、見ての通りだけど。……へえ、晃太の肌って結構きれいなんだ」

「や、だ、から！　悪ふざけはいい加減、に——っ」

感心した声音とともに左右の尖《とが》りを刺激されて、背すじが竦《すく》んで声が途切れた。そこを狙ったように落ちてきたキスに呼吸を奪われて、喉《のど》の奥で唸るような声を上げる。

けして酒に弱いわけではないが、一定量を過ぎると足腰が立たなくなるのだ。心得ているから、晃太郎は人前では絶対にここまで飲まない。場所が仁哉の家で、相手が仁哉だったから――ここなら大丈夫と心底気を抜いたからこそ、立て続けに口にした。そして仁哉はひとり住まいだから、どんなに騒いでも割って入る存在はない。

無意味に回る思考の中、辛《かろ》うじて摑《つか》んだ事実に晃太郎は心底絶望した。

つまり、今の自分に逃げるすべはどこにも――ない。

1

七か月ほどつきあっていた恋人と、別れた。

年上の会社員で、学生時代は野球で鍛えていたという大柄な体軀《たいく》の男だ。やや荒削りに整った顔立ちには一見近寄りがたい気配があったが、笑ったとたんに目尻が下がって人懐こい表情になる。それが印象的で、気に入ってもいた。

呆《あき》れるくらい連絡がまめで、たまに鬱陶《うっとう》しくなる程度に過保護で、――それでもうまくいっているものと思っていた、のだが。

「つまり、新しい相手ができたからおれとは別れたいってことですか」

仕事の関係でなかなか時間が取れずにいたから、久々の逢瀬《おうせ》だった。いつものように夕飯を摂って、恋人らしい時間を持とうじゃないかと、そんなつもりで約束をした。

にもかかわらず、連絡なしで十数分遅れてやってきた恋人――大石健吾《おおいしけんご》の腕には見覚えのある顔がぶら下がっていたのだ。どういうことかと視線で訊《き》くと、開口一番に「勝手を言うが、別れてほしい」ときた。

「晃太郎のことが嫌いになったわけじゃない。ただ、もっと好きな相手ができたというか、……どうにも放っておけなくなって」

訥々《とつとつ》と続けて、大石は広い背中を縮めて頭を下げる。その様子を、彼の傍《かたわ》らに寄り添った人物が不安げに見上げていた。

小柄で線の細いその青年の年齢は、二十代半ばほどだろう。緩い癖のある髪と垂れ気味の眦《まなじり》の、「男にしては可愛らしい」と言われるタイプだ。窺《うかが》うようにこちらを見るなり、男――大石の腕に縋《すが》る指に力を込めるのがわかった。

気付いたらしい大石が、青年を見下ろす。優しげな笑みを彼に向けたかと思うと、改めて晃太郎を見た。

「それに、晃太郎は大丈夫だろ？　オレがいなくても十分ひとりでやっていける」

当然とばかりの台詞《せりふ》に、自分の眉《まゆ》がひくりと上がったのがわかった。わざと長いため息をついて、晃太郎はさらりと言う。

「それで？　具体的には、いつから二股《ふたまた》をかけていたんですか」

「な、……ひど、そんな言い方、しないで下さい……っ。僕が悪いんです、僕の方が勝手に好きになって、そんなの駄目だってわかってたけど、でもどうしても気持ちが変えられなくて！」

大石より先に、青年の方が顔を上げる。必死そのものの表情でこちらを見つめ、声高に訴えてきた。

「勝手を言ってることは、わかってるんです。でもお願いします、健吾さんを責めないで下さい！　僕が、いくらでも謝りますから、だから……っ」

「いや、待ってくれ。違うだろ、悪いのははっきりしなかったオレの方だ。しばらく会えなかったとはいえ勝手に心変わりをしたんだから、責められるべきはオレだ」

「でも、だって健吾さんはあんなに——っ」

これはアレか。いわゆる愛の劇場とか、そういうものか？

目の前で始まった庇《かば》い合いへの、晃太郎の感想はそれだけだ。勝手にやってろという気分のままにしらっとした顔で眺めていると、気付いた青年が一瞬だけ苛立《いらだ》った顔を見せた。直後、怯《おび》えた表情を作って、大石の腕にしがみつく。

あまりのわざとらしさに感心した晃太郎とは対照的に、大石は発憤したようだ。青年を背中に庇って言う。

「——こいつのせいじゃないと、さっき言ったはずだが？」

「十分、責任はあると思いますけど？」

「は？　どこにそんなものが」

「だってそいつ、おれとあんたがつきあってるのを承知であんたに近づきましたよねえ？」

晃太郎と大石の接点は同好の士が好んで集まる、つまりは出会いの場でもあるバーだ。つきあい始めて七か月ともなればそれなりに周知されているし、大柄な体軀の背後からこちらを窺っている青年もそこの常連だった。

「あんたがモテるのは知ってますし、好きになったのが悪いとまで言う気はないですよ。けど、行動した時点で責任が生じるのは当たり前でしょう。事後承諾状態で気持ちが変えられないだの謝るだの言ったところで、結局はこっちを蔑《ないがし》ろにしてますよねえ？」

「な、ひど……僕、はそんな、ことっ」

「おい。そこまで言うことはないだろう」

「この場にコレを連れてきたあんたに、文句を言えた義理があるとでも？」

悲鳴じみた声を上げた青年とそれを庇うように前に出た大石を、晃太郎はわざと鼻で笑ってやった。

「他に好きな相手ができたまではいいとしても、せめて最低限の手順くらい踏んだらどうなんです？　会う時間が取れなくても、電話やメールはできますよねえ？」

「それは……直接会ってきちんと話すべきだと」

「だったらなおさら、今日『直接会って別れる』まで待つのが筋ってものでは？」

返す刀で言い放った晃太郎に、ぐうの音も出なかったのか大石が黙った。

わかりやすい顰《しか》めっ面を眺めながら、晃太郎はつきあっている間に幾度となく感じたことを思い出す。——この男の頭蓋骨《ずがいこつ》に詰まってるのは、脳味噌《のうみそ》ではなく筋肉なのではあるまいか。

「別れた後で誰とつきあおうが、当然あんたの自由です。おれに文句を言えた筋合いはないですよ。けど、あいにく現状だとおれにはそいつを責める権利があって、そうなるように仕向けたのはあんたたちの方です。そもそもここにそいつを同伴してる時点で、神経と常識を疑いますね」

「神経と常識って、そこまで言うか？」

「今言わずにいつ言えと？」

眉を顰《ひそ》めた大石と彼の陰からこちらを睨《にら》んでくる青年にまとめてコメントすると、肩を竦めて言葉を放り投げた。

「話はそれで終わりですか。これ以上、時間を無駄にしたくないんですが？」

「は？」

眼を丸くした大石に構わず、晃太郎はスーツの内ポケットからスマートフォンを取り出した。手早く複数の操作をこなして元恋人を見上げる。

「あんたの連絡先は今、全部削除しました。そちらも今日中に、必ず消してください。もう二度と関わらないってことで」

すっきり言い捨てて歩き出した背中にぶつかってくる「おい、ちょっと」だの「え、そんなあっさり」といった声を、きれいに無視して最寄り駅へと向かった。

梅雨入り宣言を聞いたもののここ最近は雨もなく、気温もスーツにネクタイでもちょうどいい頃だ。多少大股に早足で歩いたところで汗ばむほどでもなく、晃太郎は辿りついた最寄り駅でタイミングよくやってきた電車に乗り込む。そこそこに空《す》いた車内で吊革《つりかわ》を摑んで、胸をよぎった感想は主にふたつだ。

曰《いわ》く、またソレなのか。ということと――いい加減、あのパターンはやめてくれないかな、という。

「あー……連絡、した方がよかったか?」

三度ばかり電車を乗り換えて三十分後に、晃太郎は目的の場所に着いた。

目の前にある店――「沙耶《さや》」は一見さんお断りでも会員制でもなく、通りすがりのお客さん大歓迎の町中によくある珈琲店だ。現マスターが二年前から始めたランチが一年ほど前に雑誌に掲載されたのをきっかけに、順調に客足が伸びていると聞く。

マスターが淹《い》れるこの店のオリジナルブレンドコーヒーが、晃太郎の好みど真ん中なのだ。予定がない限り休日のランチは必ずここだし、長く出入りしているだけあって軽食メニューはすべて食べたことがある。

「まあ、いっか」

まっすぐ一人住まいのアパートに帰る気分になれず、他に行きたい場所もない。というより、積極的にこの店でゆっくりしたい。

よし、とばかりにガラスが嵌《は》まった格子扉を引き開けた。馴染《なじ》みのベルの音に癒されながら店内に足を踏み入れると、コーヒーの香りが鼻をくすぐる。

「いらっしゃい。——いつもの席、空いてるよ」

ベルが鳴り止《や》む前に、聞き慣れた声が飛んできた。

カウンターの奥でサイフォンを前にしてこちらを見ているのは、この店のマスターであり晃太郎の十年来の親友でもある長塚仁哉だ。やや色素が薄く、軽い癖のある髪を首の後ろで無造作に束ねている。男にしては長めのその髪は、けれど親友の優しげな面差しには妙に似合って見えていた。

「……よ。久しぶり」

大股で奥へと進み、示されたカウンターの一番端の席に腰を下ろす。上着を脱ぎながら覗《のぞ》き込むような格好で言った晃太郎に、仁哉はいつもの柔和な笑みを向けてきた。

「半月ぶり、かな。夕飯はまだ？」

「まだ。いきなりだけどいいか？」

「いいよ。ここはいつもの？」

「おう」

短い会話の数分後、手際よく淹れられたコーヒーが前に置かれる。先代マスターが趣味で集めたカップがところ狭しと飾ってあるこの店では、毎回違うカップが目の前に運ばれてくる。それを楽しみにしている常連客も多いと聞いていた。

今日のカップは唐津焼《からつやき》だ。辛子《からし》色で、造形そのものは整っているのにどこか無骨な気配がある。取っ手のざらついた感触に、何となく先代マスターを思い出した。

そっと口をつけると、芳醇《ほうじゅん》な香りが身体《からだ》の奥に落ちていく。馴染みのはずのその感覚が懐かしくて、ひどく安堵《あんど》した。

「あー……」

こぼれた声を耳にして、初めて自分がひどく疲れていたのを知った。

それでなくとも、この二週間は仕事が多忙を極めていたのだ。その締めくくりになったあの二股純愛寸劇は、予想以上に応えたらしい。

「アレに会うより、こっちを優先すべきだったなあ」

ついでとばかりに襟元《えりもと》のネクタイを緩めてから、手の届く距離に飾られていた薄紫色の清楚な花をつんとつっついてみた。

閉店まで残り一時間を切っているにもかかわらず、店内の席は半分以上埋まっていた。そこかしこから上がる楽しげな話し声が、どこかしら子守歌のように耳に届く。

晃太郎が座っているカウンター端は、先代マスターの定位置だった場所だ。大学卒業後に専門店で二年修業した孫、つまり親友の仁哉がこの店で働くようになって三年経《た》った頃に「お試し」と称して唐突に店を任せた彼は去年の秋まではずっとこの席でカウンターの内と外とに睨みを利かせていた。

（もう十分だな。後は任せた）

その一言で仁哉に店を譲った先代マスターは、某田舎でのんびり暮らしているそうだ。今は野菜作りに夢中で、送られてきた食材はこの店で供される料理に使われている。

……そこが晃太郎の指定席になっているというのも奇妙な話だ。他の客にはいっさい使わせていないと知れば、なおそう思う。

もっともその話になるたび、ここの主《あるじ》でもある仁哉は「晃太専用の席でいいだろ。何か問題がある？」と不思議そうな顔で訊き返してくるのだが。

「これ、マスターからです」

ぶっきらぼうな声音に我に返ったのと同時に、目の前のカップの横に小さな皿が置かれた。すぐ傍《そば》に立っていた店員――バイトの女子大生と目が合って、晃太郎は軽く「どうも」と頷《うなず》いてみせる。

「……足りなかったら言うようにって、マスターから伝言です」

「わかった。ありがとう」

「はあ」

小さく頷く彼女は、けれど物言いたげな顔で晃太郎を見たままだ。それを流して、晃太郎は皿の上のサンドイッチに手を伸ばす。

「おーい、会計」

「はい！　すみません、お待たせしましたー！」

気詰まりな沈黙は、レジ前に立った客の呼び声を合図に消えた。彼女が離れていくのを気配だけで確認して、晃太郎は仁哉の特製——もとい、席と同じく晃太郎用限定になっているサンドイッチを口に運ぶ。

「ありがとうございました。またおいでくださいねー！」

「おう、美紀《みき》ちゃんも真面目に大学行けよ」

「はーい、頑張りますっ」

レジから聞こえたやりとりに目を向けると、バイトの彼女が満面の笑みで客を見送っていた。横合いからかかった別の客からの追加オーダーにも、人懐こい笑顔で応じている。

視線に気付いてか、彼女がふとこちらを見た。目が合うなり仏頂面になって、いかにも厭《いや》そうに唇を尖らせる。毎度の反応には素知らぬ振りで、晃太郎はサンドイッチを銜《くわ》えたまま近くにあった新聞を開いた。

　ここしばらく、テレビのニュースすらろくに見ていない。知らない間に動いていた世情が気になって、仁哉から呼ばれるまで完全に紙面に没入していた。

「待たせてごめん、そろそろ終わるから中で待ってて」

「おう。邪魔するぞ」

　声量を落として答えた後で、店内が静かになっているのに気がついた。客は窓際の席に一組残っているだけだ。

　上着と鞄《かばん》を手にカウンター横の「staff only」とあるドアへと向かう途中、テーブルの片づけをしていた美紀が渋い顔で見ているのに気がついた。あえて素知らぬ振りで後ろ手にドアを閉めながら、晃太郎は今度こそ深呼吸をする。

「まあ、いいんだけどさ……」

　美紀に嫌われているのは今さらだし、その理由も薄々察している。ふだんなら気にせず流せるはずが、さすがに今日は少々応えたらしい。

　頭を振って進んだ先は、店と続きになった仁哉の自宅リビングだ。祖父から譲り受けただけあってかなりの年季ものだが、手入れが行き届いているせいか「古い」という印象は薄い。仁哉が下宿していた大学時代から、代替わり以降もたびたび泊まりに来ていたからだろう、晃太郎にとっては一人住まいの自宅アパートよりずっと落ち着ける場所になっている。

板張りの居間のソファの背に上着を投げ、そのすぐ傍に腰を沈める。年代物の天井を見上げながら、先ほど目が合った仁哉を思い出した。

初対面から変わらない柔和な笑みは、相手によっては露骨に侮《あなど》られそうだ。実際に、晃太郎が抱いた彼の第一印象は「何だか、なよっとしたヤツだな」だった。

中学二年の夏休み直後に隣のクラスにやってきた、季節外れの転校生。下手をすればそれで終わっただろう関係が変化したのは、季節が晩秋にかかった頃だった。

よくある話と言ってはアレだが、仁哉は転校一か月を過ぎた頃からいわゆる「虐《いじ》め」に遭っていたのだ。

合同の体育の授業の後に日直で片づけをしていた晃太郎が、体育倉庫の裏で数人がかりで仁哉を取り囲みこづき回すという場面に遭遇したのは偶然だ。けれど、当時の晃太郎は個人的理由により傍《はた》迷惑なまでに正義感が強かった。つまり、迷いもせずその場に割り込んでいった。

(何遊んでんの。おれも入れてくんない?)

顔はにこやかだったはずだが、どうやら不穏な気配が渦巻いていたらしい。顔見知り以上友達未満の面々は晃太郎の気性を知ってかどうか、そそくさと散っていった。

(そっちは平気? 怪我《けが》とかしてない?)

（ありがとう。僕はいいけど、大丈夫かなあ……そっちの立場が悪くなったりしない？）

開口一番にこちらを気遣った仁哉に、素直に感心した。思い返せば小突かれている最中も困った顔こそしていたものの、目の前の彼に悲愴感はなかった。

（おれは別に。むしろ余計なことしたかな。ごめん、おれ、ああいうの大っ嫌いでさ）

（そうなんだ。……うん、でも助かったよ。改めて、ありがとう）

向けられた笑顔は柔和そのものだったけれど、「なよっとしているわけじゃないらしい」と察したのだ。以来、見かければ挨拶《あいさつ》するようになり合同授業でも一緒にいる機会が増えて、気がついたら高校も大学も同じところを選んでいた。

正直に言えば、晃太郎が今の勤務先を選んだ理由のひとつがこの店の立地でもあったのだ。仁哉がここを継ぐなら、常連でいるのが一番だと思った。

「そういや、あいつとのつきあいって軽く十年超えてるっけか」

傍目には対照的で、親友なのが不思議だと言われる組み合わせだ。人当たりがよく柔和な仁哉に対し、晃太郎の方は正義感こそ少々引っ込んだものの、会社では鉄火な性分で通っている。

（晃太郎は大丈夫だろ？　オレがいなくても十分ひとりでやっていける）

元がつく恋人に言われた台詞が、ふいに耳の奥でよみがえる。顔を顰めると同時に、「完全にパターン化してないか」と厭な確信を抱いてしまった。

……実を言えば前回はもちろんその前も、もっと遡《さかのぼ》って高校時代の初恋ですら同じような台詞を言われて終わっているのだ。

「今度は続くかと思ったんだけどなあ……まあ、そもそもがあの手のタイプとつきあってた人なら、順当ってことかもしれないか」

「あの手のタイプって、どういうの？」

横合いからかかった声に、比喩《ひゆ》でなく全身が跳ねた。目をやると、重そうなトレイを手にした仁哉が後ろ手に店へと続くドアを閉めたところだ。

「あれ、店は？」

「とっくに閉店。片づけも終わってるよ」

「まじか」

「ずいぶん考え込んでたみたいだけど、そろそろ夕食にしようよ」

ダイニングテーブルに向かう仁哉から壁の時計に視線を移すと、既に閉店から二十分ほど過ぎている。どれだけぼうっとしていたんだと、自分で自分に呆れた。

「うわ、美味《うま》そう」

「余り物だけどね」

「十分だ。ここで食べつけてるとコンビニ飯とか食えたもんじゃない。——ん、相変わらずいい味」

席につくなり箸《はし》を手に取り、立派な肉の塊が入ったそれをばくばくと口に運ぶ。牛肉チャーハンにサラダとスープがついたセットは常連だけが、材料にあまりがあった時限定でオーダーできる裏メニューだ。

「ごめんな、いつも待たせてて」

「待つってほどの時間じゃねえだろ。それに、一緒に食った方が割り増しで美味い」

向かいの席でスープカップを手にしていた仁哉が、申し訳なさそうに言う。即座に返事をすると、見慣れた柔和な笑みで「そっか」と目を細めた。

「晃太、明日は仕事休みだよね。泊まってく？」

「いいのか？　来たのもいきなりだったのにさ」

「別に。いつものことだしね？」

「おいコラ」

馴染みの言い合いをしながらの夕食をすませるなり、「晃太は先に風呂ね」と追い立てられた。からになった皿を目の前に、晃太郎は「えええ」と不満顔を作る。

「それ逆だろ。片づけはおれがやるから、風呂はおまえが先……」

「またうちの皿を割る気？」

「いや、ちょっとは進歩してるって、第一、皿割ったのって大学の頃の話で」

「盛大にやってくれたよねー。大皿と丼と、併せて何枚だっけ」

食器類を下げながらくすくす笑われて、晃太郎はむうと顔を顰める。それへ、仁哉は涼しげな顔で言った。

「冗談だよ。じゃなくて晃太、どう見ても疲れてるからさ」

「あー……んじゃ、先に使わせてもらうな」

「どうぞごゆっくり」

シンクに向き直った背中が、手際よく洗い物を始める。それを三秒ほど眺めてから、晃太郎は板張りの廊下に出て浴室に向かった。

先代マスターの意向で手が入ったこの家は、見た目に反して近代的な部分が多い。トイレの便座の蓋《ふた》は自動で開閉するし、台所には食洗機があって、シンク横には浴室の湯張り用リモコンスイッチがついていたりする。

温《ぬる》めの湯を堪能《たんのう》し、この家に常備している部屋着姿で居間に戻ると、入れ替わりに浴室に向かう仁哉に断って台所を借りた。時間を見てお茶を淹れたところでタイミングよく戻ってきた仁哉は、面倒だったのか半乾きの髪をタオルにくるんだ格好のままだ。ソファに腰を下ろし、湯飲みの中身を啜《すす》って意外そうに眉を上げる。

「美味《おい》しい。晃太、お茶の淹れ方が上手になったねえ」

「おう。おまえに飲ませようと思って練習したからな。で、その頭、早く乾かせよ。風邪ひくぞ」

「そりゃまたどうもありがとう。けど、そこまでヤワにはできてないよ。それより、さっき言ってたタイプって何」

「あー……それ、なあ」

渋面になった晃太郎を目の前に、仁哉は期待満々の顔だ。話すまで退《ひ》く気はないと悟って、何ともしょっぱい気分になる。

「まあ、結局んとこ大石さんと別れたんだけどさ」

うんうんと頷く仁哉には、かつて「晃太が恋人と別れたら一発でわかる」と豪語された過去がある。実際、隠したところで無駄なのは過去のあれこれで検証済みだ。晃太郎の歴代の恋人が同性だと知っているのも目の前の親友だけで、つまり他に愚痴を言える相手もいない。

「一杯つきあってくれるなら、話してやってもいいぞ」

「了解。いつものでいい？」

「できればちょいいいヤツ希望」

「はいはい。じゃあ用意してくるよ」

今の会話だけで「素面《しらふ》では言いたくない」と通じるあたり、本当にここは気楽だ。心底実感していると、じきに仁哉が二人分のグラスがのったトレイを手に戻ってきた。

「どうぞ。少し濃い目だけどいいかな」

「むしろ好都合。潰《つぶ》れたら適当にそのへんに転がしといてくれ」

「はいはい」

受け取ったグラスの液体は、なるほど少しばかり色が濃い。口に含むと、風味も強かった。

「で、続きは？」

言いながら、仁哉は面倒そうに頭をくるんでいたタオルを取った。ぱさりと肩に落ちた濡れ髪を、大雑把に後ろに払ってしまう。

「……だから髪。ちゃんと拭けって」

「放っときゃ乾くって。晃太って案外神経質だよねえ。で、続きは？」

重ねての催促に、晃太郎はつい呆れてしまった。

「おまえねえ、人の失恋話がそんなに聞きたい？」

「全然。けど、ひとりで黙って抱えてても毒にしかならないよね」

「……おう。いつもいつも悪いな」

結局のところ、ひとりでいたくなかったからここに来たのだ。思い返せば恋人と別れるたび、こうしてつきあってもらっている。

「別に？　それと、言いたくないことを無理に言う必要もないからね」

そう言う仁哉の視線は、並べられた複数のつまみの上だ。当然とばかりの態度に、ふっと肩から力が抜けた。

「本来は、甘え上手なタイプが好みなんだとさ」

「甘え上手」

瞬《しばた》いた仁哉が、何ともいえない顔でこちらを見る。

「おやおや」とでも言いたげな顔で、少し減っただけの晃太郎のグラスの中身を足してきた。

「よく行くバーの常連同士だったからな。いかにもおとなしいってか、頼りなさげなのを連れて歩いてたのは知ってた」

何がどう転んでも「甘え上手で可愛い」とは言えないタイプだという自覚は、しっかりある。曖昧《あいまい》なことが嫌いなせいか、仕事でもプライベートでもはっきりしすぎだと窘《たしな》められるのが晃太郎の常だ。

なので七か月前に大石から初めて声がかかった時、晃太郎は思わず「人違いじゃないのか」と問い返してしまった。

「人違いって、何それ自分で言う？」

「人の好みなんか、そう簡単に変わるもんじゃねえだろ？　相手に困るタイプでもなし、わざわざおれに声かけたのが不思議すぎたんで、その日のうちに突っ込んで訊いてみた」

当時は明確だと思った大石の返答は、今考えてみればかなり微妙だ。

――甘え上手で頼りないのには懲りたんだ。きみのようにはっきりしているタイプの方が、ずっと好ましいと思ってね。

「ちょうどおれも別れたところだったし、こっちの性分知った上での誘いならってことで受けたんだけどさ」

一気に中身を呷《あお》ったグラスを音を立ててテーブルに戻すと、すかさず仁哉が元通り注《つ》いでくれた。

いい酒を飲むのに、これでは台無しだ。勿体《もったい》ないと思う端からまたしても一気飲みして、今さらに自分がとてもむかついていることを知った。

「それってさあ、つまりは」

「そ。他に好きな相手ができたんだってさ。あっちの好み通りのちっこい可愛い系が、どうしても諦《あきら》めきれないって目の前で泣きそうな顔してきた」

「ってことは向こうは相手同伴？　うわー……最低っていうか、最悪」

「筋が通ってないって丁重に説明してやったら、目の前で半泣きになって庇い合いされてさ。うんざりしたところで、おまえは強いからひとりでも大丈夫だろうと来た」

鼻息荒く言い放って、再び満たされたグラスに視線を落とす。今度は音を立てないようテーブルに戻してから、すっぽりとソファに凭《もた》れかかった。ちょうどいい位置にあった背凭れに首を乗せ、長い息を吐く。

ふっと落ちた沈黙の、気心が知れているからこその緩さに安堵して、ぽつんと言葉がこぼれてしまった。

「今度こそ、もしかしてとか思ったんだけどなあ……」

「昔からよく言ってたアレ？　ずっと一緒にいてくれる相手を絶対に見つける、だっけ」

「……『よく』ってほどは言ってないだろ。若気の至りみたいなもんで」

答えながら、酒のせいだけでなく顔が熱くなった。若気の至りみたいなもんで
互いが中学生だった大昔に、晃太郎自身が放言した台詞だ。正確には「ちゃんと自分を見てくれる人を見つけて、ずっと一緒にいる」だった。

「若気の至りって、大学の時も含めていいんだっけ？」

「だから、人の古傷抉《えぐ》るなっての」

今度こそ、晃太郎は手で顔を覆ってしまった。

長いつきあいも、こういう時には考えものだ。容赦なく、忘れたい過去まで暴露されてしまう。

「晃太って意外とロマンチストだよね。中身が乙女っていうか」

「乙女はやめろ。悪かったな、中学ん時から中身が進歩してなくて」

仁哉相手だからこそ、この程度の反応ですむのだ。たとえば今日別れたばかりの大石に知られたらと仮定するだけで、羞恥《しゅうち》のあまり憤死できる。

「ちゃんと進歩してるよ。晃太のそういうとこ、すごくらしくていいと思うけど？」

「……あ、そう。それはそれとして、話はもう終わりな」

ふんわりした笑みで言われて、気恥ずかしさが倍増した。ぶっきらぼうな返事に「えー」

と唇を尖らせた仁哉に、晃太郎は顔を顰める。

「せっかくいい酒飲んでんのに話題がソレだと面白くねえだろ。そういや、そっちはどうなんだよ。新しい彼女とか、そろそろ作ってもいいんじゃねえの？」

高校大学時代にちゃんと彼女がいた仁哉は、当然のことにストレートだ。妙な相手に入れ込むこともない。

強いて問題を上げるとすれば、長続きしないことだろうか。確か最後の彼女は店の常連のOLで、九か月ほど前に別れている。

逞《たくま》しいとか男臭いという表現とは縁がない親友の、穏やかな物腰に相応《ふさわ》しい端整な顔立ちは、昨今《さっこん》の女性からは好まれる類《たぐい》のはずだ。どうしてだと内心で首を傾《かし》げた晃太郎に気づいたのかどうか、仁哉は軽く肩を竦める。その拍子に半乾きの髪が、肩からすべって落ちた。

「今はそういう気分じゃなくてね」

「バイトの子は？　おまえのことかなり意識してるよな。特にここ半年ほど、おれの顔見るとすげえ厭そうな顔するしさ」

客に限らず、出入りの業者や店の近所でも評判のいい子なのだ。礼儀正しいが堅苦しくなく、人懐こい笑顔がいいと常連からは名前で呼ばれている。仕事ぶりにも文句のつけようがない。

愛想が悪いのは晃太郎相手の時限定で、おそらく仁哉から露骨に特別扱いされているのが気に食わないのだろう。

「あー……そうみたいだねえ」

「何だ、そのどうでもよさそうな返事。興味ねえの？」

意外さに思わず瞬いた晃太郎に、仁哉はあっさりと言う。

「そういう意味ではまったくないよ。真面目でよく動いてくれるから助かるけど、友人にああいう態度を取る子に好意を抱くわけがない」

「……そこまで言わなくてもいいんじゃねえ？　あの子にとってのおれは、予告もなく押し掛けてくる迷惑者だろうしさ」

言いながら、ふと大石の新しい恋人を思い出す。

比べても意味はないが、あっちはおそらく性格に難ありだ。しおらしく怯える素振りの陰で、晃太郎を嘲《あざけ》る気配が見え隠れしていた。

「それって、俺とあの子がつきあえばいいってこと？」

仁哉の問いに我に返って、どういうわけか腹の底がすうっと冷えた。新しく注ぎ足されたグラスの中身を一気に呷って、晃太郎はぽそりと言う。

「それも悪くないんじゃねえの？　おれが決めることじゃねえけどさ」

同世代の中にはとうに家庭を持ち、子どもがいる者も少なくない。独身であっても、恋人や婚約者がいる者も多いに違いない。

自営とはいえ、「沙耶」は先代の頃から常連客が絶えない店だ。仁哉が継いでからも客足に衰えはないのだから、縁談を妨げる要因にはなるまい。

「そうなると、今までみたいに気儘《きまま》に出入りできなくなるか。仕方ないけどさ」

恋人がいる友人や同期は、当然ながらつきあいが悪い。家庭持ちとなればなおさらだし、少なくとも今日のようにいきなり押し掛けて泊まりというのはまず無理に決まっている。

考えてみれば、先日までの自分からしてそうだった。半月を仕事に忙殺されて、やっと空いた時間に真っ先に入れたのが大石との逢瀬ときた。あの別れ話がなければ、ここに来るのはもっと先だったに違いない。

「どのみち、おれはおれでまた次を捜すけどさ。……って、うわあ」

そう言う自分こそ、仁哉に対してかなりの不義理をしているのではあるまいか。

不意打ちで落ちてきた認識に深く自己反省しているうち、ふと気づく。

やけに周囲が静かなのだ。そもそも仁哉はもの静かだから、晃太郎が口を噤《つぐ》めば当然の成り行きではあるが、気のせいか妙に空気が重いよう、な?

怪訝《けげん》に思いそろりと顔を上げて、晃太郎はどきりとする。

いつからそうやっていたのか、テーブルを挟んだ向かいのソファに腰掛けていた仁哉が、いつになく無表情にこちらを見つめていた。

視線ごと搦《から》め捕《と》られたように、ぞくりとしたものが背すじを駆け抜ける。得体の知れないその感覚は、強いて言うなら悪寒に似ていた。

親友の名を呼んだはずの声が、ただの吐息にしかならなかった。背凭れに預けた身体も、セメントで固められたように動かない。針の先ほども鋭くなった沈黙が、直接肌に突き刺さってくる気がした。

「──、……っ」

かたん、という小さな音に、勝手に大きく肩が跳ねる。我に返った時には手を伸ばせば触れる距離に仁哉がいて、いつの間にと唖然《あぜん》とし──直後、その思考は吹っ飛んだ。

晃太郎の膝《ひざ》のすぐ近くで身を屈《かが》めた仁哉が、捕食者に見えたのだ。サバンナを駆けるライオン、あるいはジャングルに棲《す》まう豹《ひょう》。そして見据えられている自分はと言えばインパラか、はたまたシマウマか。

流れていった自分の思考に気づいて、頭を殴られた心地になる。──ちょっと待て、それだと晃太郎が獲物の側ということにならないか。

「……仁哉? おい、どうしたよ」

引きつりそうな顔面筋を総動員していつも通りの表情を作る。声がわずかに掠《かす》れてしまったが、それよりもこちらを見つめたままの親友の動向の方が気になった。

「無神経だったら悪かった。その、ちょっと余所事《よそごと》を考えていて」

「──……俺が立候補するって言ったら、どうする?」

無表情を崩すことなく、仁哉が言う。平淡なトーン以上に内容が理解できず、晃太郎はただ混乱した。

「は？　立候補って、何に」

「だから、恋人。かなりお買い得だと思うんだけど」

「恋人って、誰の……あー、バイトの子には興味ないって言ったよな？」

言いながら、勝手に尻が移動した。ずりずりと横に滑って移動してみても、同じだけ仁哉に距離を詰められる。ソファの肘掛《ひじか》けにぶつかって動けなくなったのを待っていたように、長い腕で囲い込まれた。

「待て待て待て、おまえ、何、やってっ」

「わざとやってるんだったらマシなんだけど、完全に素だよね。鈍いっていうか疎《うと》いっていうか、よくそれで今まで恋人がいたなあって感心するよ」

「何だそれ、おまえいくら何でも、……っ！」

寄ってきた顔にぎょっとするより先に、呆れたように言い放たれた。反論しようと口を開きかけて、ようやく仁哉の顔があり得ないほど近くにあるのを知る。

逃げることも、抗《あらが》うことも思いつけなかった。え、と思った時にはもう、深く呼吸を奪われている。

頭の中が、真っ白になった。ソファに預けた身体は固まったまま、時間が止まったような

錯覚に陥る。

仁哉が摑んでいるのはソファの肘掛けと背凭れだ。逃げるのは簡単なはずなのに、今、全身の感覚がやけに薄い。それでいて、唇の奥で蠢《うごめ》く他人の体温だけが鮮明だった。どのくらい経ったのか、ようやく呼吸が自由になる。仁哉の唇と、自分のそれとの間に透明な糸を引くのが目に入った。

目の前十センチの距離で止まった仁哉が、無言のまま見つめてくる。瞬いて数秒が経って、やっと出た声は頼りなく掠れていた。

「あの、な。いったい何の冗談……」

「それ、本気で言ってる？」

言い終える前に、またしても顔が寄ってくる。反射的に瞼《まぶた》を落とすのと、唇をやんわり齧《かじ》られるのがほぼ同時だった。びくりと目を開けるなり近すぎる距離にいた仁哉と目が合って、勝手に大きく背すじが跳ねる。

「ちょっと、待て。けど、だからって何で、キス……ええ？」

「大丈夫だよ。男相手の経験はないけど、いろいろ調べたから」

「待て、何を調べたって、……おい仁哉っ」

にっこり笑顔の仁哉に予感を覚えて身構えたものの、強引に引き起こされた。

「ひろ、……」

「ここじゃきついよね。ベッドに行こうか」

「……っ、だから待て、何言って」

必死の声は、いつもの柔和な笑みで黙殺された。ろくに足腰が立たない晃太郎を肩を貸す形で歩かせる仁哉の腕は予想外に強く、これは本当にあの親友だろうかと埒《らち》もない疑問が脳裏に浮かぶ。仁哉の肩に回され固定された腕に触れる湿った髪を、やけに冷たく感じた。

寝室に連れ込まれた後は、どんなに言葉を尽くしても無駄だった。

ベッドの上で半裸に剝かれ、そこかしこの肌を手のひらや指でなぞられる。アルコールで火照った肌は、そのせいかやたら過敏に反応して、そのたびに焦げるような羞恥に襲われる。やめろ、いい加減にしろと、何度口にしたかもわからなくなった頃には、晃太郎は完全に身《み》動《じろ》ぎできなくなっていた。

一方的に翻弄《ほんろう》されてどれだけの時間が経ったのか。高くなっていくばかりの熱に浮かされながら、晃太郎はどうにか瞼をこじ開ける。目に入った部屋の、窓に引かれたカーテンの隙《すき》間《ま》がうっすらと明るくなっている、ように見えた。

ベッドに放り込まれてすぐの時には、真っ暗だったはずだ。だったらそろそろ、夜明けが近いのかもしれない。

そんな思考が脳裏を掠めた直後に、不意打ちで一際深く身体の奥を抉られた。

「……――っひ、」

腰から全身を走ったぞっとするような悦楽に、喉からこぼれたのは掠れた吐息だけだ。反射的に戻した視線の中、晃太郎の顔の両側に手をついた形の仁哉と目が合って、それだけで鋭い何かで背すじを引っかかれたような感覚が走る。

「駄目だよ、晃太。こっちを見て。今は、俺のこと以外は考えないで」

「ん、——ぅ、あ……っ」

聞き覚えた優しい声音とは裏腹に、すっと寄ってきた仁哉の表情はいつもとはまるで違っていた。弾む吐息はかすかな声を帯び、ばらけた髪の間に見える目はぎらついていて、その両方に既視感がある。

視線を釘付けにされたまま、うつろになった頭のすみでどこで見たんだったかと思う。よく知っている声であり、よく知っている表情のはずで、けれどそれとはどこかが決定的に違っていた。

「晃太、……晃太、聞いて、る……?」

「……っあ、も、やめ……っ」

ひきつった呼吸の隙間、喘《あえ》ぐように口にした声はひどく掠れて弱々しい。誰の声だとぼんやり思い、一拍遅れて自分のものだと気がついた。

「無理、かな。ごめん、まだ、足りない——っ」

「ひろ、……ん、ぅ——」

制止を口にしたはずの唇を、食らいつくようなキスで奪われる。無意識にシーツをひっかいていた指を、絡めるように握られ押さえつけられた。連動したように、身体の奥に入り込んでいた熱が再び深く押し入ってくる。

「……っ――!」

声にならない声を上げた舌先を、この数時間で覚えさせられた体温に搦め捕られる。強く吸いつかれ、やんわりと噛《か》みつかれて、びくんと大きく背すじが跳ねた。

キスが角度を変えるたびに晃太郎の頰《ほお》や顎《あご》を掠める髪の感触で、今相手にしているのは大事な親友だと――仁哉なのだということを思い知らされた。

舌先まで硬直させた晃太郎をどう思ったのか、それでなくとも深かったキスがさらに執拗《しつよう》になる。同時に深く奥まで抉るようにされて、腰から背骨のあたりをうねるような悦楽が生まれた。

びくりと大きく揺れた肩を、やんわりと撫でられる。ようやく唇から離れていったキスに、今度は首すじを啄《ついば》まれた。くす、と笑う声が、やけに耳近くに届く。

「晃太、これが気持ちいいんだ? すごい、素直……」

「……っ、ち、が――」

「うん? 何が違うのかな。こんなになってるのに、ねえ?」

声と同じタイミングで、するりと動いた指に互いの身体の間で熱を溜《た》めていた箇所を撫でられる。全身が総毛立つような悦楽に辛うじて奥歯を噛んで声を殺すと、咎《とが》めるように仁哉の指の動きが執拗になった。

「我慢は駄目だって言ったよね？　晃太は何も考えなくていいって」

吐息とともに、耳の奥に囁《ささや》かれる。そのまま耳朶《じだ》に歯を立てられて、どうしようもなく全身が震えた。同時に、ようやくその表情と目つきに何を連想したのかに気づく。

晃太郎の、過去の恋人たちだ。彼らがホテルのベッドで見せた、獣のようなそれとよく似ていて、なのに決定的にどこかが違う。

「な、んで」

訴えたはずの声に返事はなく、――そこから先はまたしても記憶が曖昧になる。

どうしてもわからなくて、理解できなくて何度も仁哉に問いをぶつけた。けれどそのすべてをきれいに流されて、代わりのように行為が執拗になっていく。思考はいつか鈍ってしまい、耳につくのはふたり分の呼吸音と、肌と肌がぶつかる音だけだ。

晃太郎を抱き寄せたまま離れない腕と、そこかしこに落ちるキスと、ひっきりなしに名を呼ぶ声と。そんな中でもみくちゃにされて、晃太郎はじき意識を手放した。

2

目を覚ました時、まず視界に映ったのは古い木目の天井だった。

晃太郎が住んでいるアパートは築十年未満の単身者用で、天井と壁は同じ淡いクリーム色だ。瞬きながら視線を巡らせると、今度は見覚えのある造作の引き戸とその表面に斜めに走るひっかき傷が目につく。

「あ、れ……」

あの傷は、仁哉の部屋の出入り口にあったものだ。なるほどと納得した晃太郎は、けれどその直後に違和感を覚えた。

ここで泊まる時は、小さな庭に面した客間を借りていたはずだ。座敷と呼ばれるそこを使うのはもっぱら晃太郎だったようで、仁哉の祖父が同居していた頃にはたびたび「間借り人だな」と揶揄されていた。

それが、どうして仁哉のベッドの上にいるのか。胡乱《うろん》に眉を寄せた時、視界の端の壁時計が九時過ぎを指しているのが目に入った。

「……は?」

二度見するなり、声にならない悲鳴を上げていた。飛び起きたとたんにそこかしこに鈍い痛みが走って、ベッドを降りて畳を踏んだはずの足元が大きく崩れる。気がついた時には、晃太郎は畳の上にへたり込んでいた。

「――、痛ってえ……っ」

予想外のダメージに転がったまま悶《もだ》える間にも、「会社」「遅刻」の文字が脳裏で躍り狂った。これは絶対まずい、と必死で顔を上げ――壁にかかった日めくりカレンダーの数字が、黒ではなく青表示なのが目についた。

「……土曜、か？」

周囲を見回し、一メートルほど先に見慣れた自分のバッグを見つけた。

這《は》って移動したものの、肌に畳が擦《こす》れて痛い。やっとのことで掴んだバッグから引き出したスマートフォンの日付は、先ほどの日めくりカレンダーとまったく同じものだ。

「休み、かあ」

全身から力が抜けて、そのままベッドに寄りかかっていた。敷布に頭を乗せて天井を見ていると、やや遠くから物音と人声が聞こえてくる。

「あー……そっか。店は、ふつうに営業日だっけ」

ぽろりと口に出した後で、「何でそんな時間まで、しかもよりによって仁哉のベッドにいたのか」という疑問を覚える。上を見たまま首を捻《ひね》って、

「――……っ！」

唐突に、昨夜の経緯を思い出した。

反射的に、飛び起きていた。慌てて見下ろした自身の身体は見事に素っ裸で、道理で畳が擦れるわけだと頭のすみで妙に冷静に思う。手近なタオルケットを身体に巻き付けた後、肌

がやけにすっきりしているのに気づいてとても複雑な気分になった。

——行為そのものは、未明まで続いたはずだ。肌のそこかしこを執拗に撫でられいじりまわされながら、窓の外が薄明るくなっていくのを見た覚えがある。

仁哉の手も唇も、あり得ないほど的確だった。ほんのわずかな間で晃太郎の弱い箇所を探り当てて、最終的には泣きを入れるまでに焦《じ》らされた。それこそ大石相手の時にはあり得なかった、くらいに。

「……、——」

ぐっと奥歯を噛んだ後で、自分が危うく奇声を上げるところだったと気づく。口元を押さえたままで暴風状態となった思考が静まるのを待っていると、板張りの床を踏む足音が聞こえてきた。

「起きてたんだ。具合はどう？」

身構える暇もなく開いた引き戸から顔を出したのは、店用のシャツにギャルソンエプロン姿の仁哉だ。気遣う声も表情もいつも通りで、拍子抜けしたせいか思わず「あ、うん」と声が出る。

「で、服はひとりで着られそう？　無理なら手伝うよ」

さらりと告げられた内容に、ぶんぶんと首を横に振っていた。苦笑して、仁哉は「じゃあ」と続ける。

「着替えたら居間まで来てくれる？　朝食、準備しておくから」

頷くと、仁哉はあっさりと引き戸を閉じた。廊下の軋《きし》みが遠ざかっていくのを聞きながら、晃太郎は拍子抜けする。

……いつも通り過ぎないか。昨夜のアレは自分が見た夢で、実は飲み過ぎて動けなくなったのを仁哉が力業でベッドに転がしてくれた、とか？

大いなる疑念を胸にベッドのすぐ傍に用意してあった衣類一式を身につけながら、晃太郎は先ほどの疑問を自ら否定する。

足腰の重さもあらぬ箇所の痛みも、「やりすぎた」時特有のものだ。つまり、アレは夢ではあり得ない。

納得するなり疲労感を覚えて、傍のベッドに腰を下ろす。耳につくスプリングの軋みは昨夜さんざん聞いたのと同じで、かえって落ち着かない気分になった。

「……どんな顔して、居間まで行けって？」

同衾《どうきん》の翌朝、という状況にはそれなりに慣れているが、場所がここで相手が仁哉となると話は別だ。

ため息をついた時、またしても廊下が軋んだ。鬼に追いつめられた子どもよろしく固まっていると、引き戸の隙間から仁哉が顔を出す。

「もしかして歩けそうにない？　だったら肩を貸すけど」

「いっ、いや、いい！　大丈夫、歩ける！」

常より三割ほど遅いスピードで辿《たど》りついた居間のテーブルには、純和風の朝食が並んでいた。

促されるまま席についたものの、気まずさと落ち着かなさで顔を上げられない。箸を取らずにいると、怪訝そうな声が落ちてきた。

「おなか空いてるよね。食べないと冷めるよ？」

「ああ、……うん」

変わらない物言いに、意を決してそろりと顔を上げる。テーブルを挟んだ真正面に立つ仁哉と、まともに目が合った。

ふだん通りの表情に、混乱した。首を傾げた仁哉も見返してきて、静寂の中でのお見合いになる。ややあって、仁哉の方が沈黙を破った。

「いきなりすぎて、ごめん。でも、やったこと自体は後悔してないし、謝る気もないから」

「……は？　いや、今ごめんって謝ったろ？」

「そっちは予告なしで驚かせたことへの謝罪だよ。……一応断っておくけど、酔った勢いでも気の迷いでもなく、本気の立候補だから。晃太郎には、前向きに検討してほしいと思ってる」

「え、？　いや待て何だそれちょっ――」

どうにか言い掛けた声は、店に続くドアをノックする音に遮られた。

「マスター、オーダー入りましたー」

ドア越しに聞こえた声に、そちらへ目をやった仁哉が「すぐ行く」と返す。改めて、晃太郎を振り返った。

「ひとまず食事して、ゆっくり休んでて。ソファでもベッドでも好きに使っていいよ。結構無理させたから、すぐ帰るのもきついと思うし。あと、改めて話したいこともあるから」

「話?」

「そう。昼過ぎには時間が取れると思うから、待っててくれる?」

念押しのように訊かれて、反射的に頷いていた。頭のすみで「これは本物の仁哉なのか?」と考えている間に、彼はほっとした笑みで動き出す。

「じゃあ、また後で。昼食は差し入れるよ」

「……おう」

店に続くドアの向こうに見慣れた背中が消えるのを見届けながら、「条件反射って凄《すご》いな」と他人事《ひとごと》のように思う。思考は完全に停止しているのに、勝手に口から言葉が出ていたからだ。

「えー……っと?」

まだ混乱したまま、晃太郎はテーブルの上の食事に視線を落とす。少々冷めてしまったようで、味噌汁の湯気が見えない。

ひとまず食べようと、箸を手に取った。冷めても美味しい料理を堪能しながら完食し、食洗機に片づけた後で食べる前に温めればよかったと気づく。そんな自分に呆れながら目に入ったソファに腰を下ろして、

「——つまり、何だっけ？」

ぽそりと落とした自問自答の、答えはすぐさま落ちてきた。

……昨夜のアレは、酒の勢いでも気の迷いでもなかった。恋人への立候補は本気だし取り下げる気もない。そして、あの謝罪はいきなりだったことに対してであって、行為そのものについて謝る気はない。

頭の中で仁哉の言い分を整理し、「なかなかうまくまとめたじゃないか」と自画自賛する。その三秒後に、ようやく意味を理解した。

「いやちょっと待てって、え？　何だよソレ？」

3

基本的に、レスポンスは早い方だ。

電話は当然として、メールにも気づいた時点で即返信する。仕事絡みで状況待ちになる場

合も、その旨だけは即返しておく。

　仕事上当然のことではあるが、晃太郎にとってはプライベートでも同じだ。わかりきった返事を引き延ばすのは無意味だし、下手に放置したら後々面倒になってしまう。

　そういうわけで、携帯メールも即確認、即返信するのが本来、なのだが。

「伊勢？　おまえ何やってんの、さっきから」

「あー……いや、何でもない」

　右上部の一点が点滅する端末を上着のポケットにねじり込んで、晃太郎はテーブルの上のマグカップを手に取った。

　職場からほど近いこの喫茶店では、ランチの最後にコーヒーが出る。会社から近いことに加えて値段はまあまあ、味も悪くないことから週に一度は利用していた。その上で難を上げるとすれば、

「……このコーヒー、煮詰まってねえか」

「詰まってるな。この時間だと仕方ないんじゃないか？」

　さらりと言ったのは、テーブルの向かいに座る同僚だ。課は別だが同じフロアで仕事していること、同世代の者が少ないこともあって、週の半分は一緒にランチを摂っている。

「ランチの出が予想以下だったか、コーヒーを作りすぎたか。どっちだろうな。そんで？　おまえはとうとう彼女と喧嘩でもした？」

話の最後に脈絡の欠片《かけら》もない質問をくっつけるのは、この同僚の常套《じょうとう》手段だ。とはいえ晃太郎自身はずっと他人がそうされるのを傍観している立場だったため、少しばかり反応が遅れた。

「何だソレ。彼女とか喧嘩とか」

「ここ最近、昼休みや帰り際にスマホ見てはため息ついてるだろ。そのくせすぐ折り返してないっていう」

「おまえ実はストーカーかよ」

「単に興味があるだけだって。即リターンの伊勢が確認したきり放置する理由とか原因って何だろうなーと」

やけに楽しげに言う同僚に短く「言ってろ」とだけ返して、晃太郎は再びカップに口をつける。煮詰まった味に眉を寄せながら、超絶に好みのコーヒーの味と、それを淹れてくれる仁哉の顔を同時に思い出した。

(じゃあ、また後で。昼食も差し入れるからね)

あの後、晃太郎は朝食に使った食器を片づけると早々に帰途についた。あの家の玄関は店とは別方向にあるため、道を選べば店の前を通らずに駅に辿りつけるのだ。

翌日は、一歩も家から出なかった。夜になって入った仁哉からの着信に、出るか否か悩んでいる間にコールが途切れて、後悔したとたんに再度着信があった。なので今度はすぐさま通話を受けて、約束を破って帰ったことを謝罪した。

（それはいいけど身体の具合は？　無理してない？）

気遣い満載の返事に、非常にいたたまれない気持ちになった。同時に、あの時のことをいつもの口調で語られてまたしても混乱し――「きちんと会って話したい」という仁哉からの申し出に怯《ひる》んでしまった。

（あー、わかった。時間ができたら行く。ただ、その……仕事も一段落しただけで、まだ完全に片づいてないんだ）

（晃太の都合次第でいいよ。待ってる）

その会話から二週間ほど経つにもかかわらず、晃太郎は未だ「沙耶」を訪れていない。正確に言えば、時間はあるのにどうにも足を向けることができずにいる。

「つまり適応できてない、んよなあ、コレ」

午後の仕事を始めてどのくらい経ってからか、モニターを睨んだままでぽろりと口からこぼれた言葉にひやりとした。慌てて窺った両隣はタイミングよく席を空けていて、向かいは在席中だが集中すると何も聞こえないことで知られた先輩だ。

安堵して、晃太郎は思考を切り替える。仕事の効率上も個人的理由でも、この状況はよろしくない。

多忙の原因はきれいに片がついていて、ここ数日は残業があってもせいぜい三十分ほどだ。

定時十分過ぎに会社を出て、晃太郎はどうしたものかと思案する。

恋人がいない時は、毎日のように「沙耶」に入り浸っていた。コーヒーだけでなく仁哉の料理も好みで、店内の雰囲気も気に入っている。

顔を出さなくなって、たった二週間だ。なのに気分がささくれているのは、「行ける状況なのに行けない」からに尽きた。

「……だから、どんな顔して会えばいいんだって」

まっすぐ帰る気になれず、自宅アパートへの最寄り駅を素通りした。短いため息をこぼして、晃太郎は「沙耶」とは別の、こちらも通い慣れた道を歩き出す。

「当分近づいてないし、そろそろいいだろ。飲むだけってことで」

昨日までは適当な路線に乗り、適当に降りてひとりで晩酌《ばんしゃく》がてら食事をしていたが、もはやそれすら面倒だ。なので、馴染みのバーに行ってみることにした。

乗り換えを含めて数駅ほど電車に乗り、降りた駅前から続く繁華街を途中で通りひとつ外れる。数メートル進んだ先にある漆黒のドアの向こうが、晃太郎の大学時代からの行きつけだ。

小さな立て看板ひとつと横文字が刻まれた小さなプレートがあるきりの店は、毎度思うことだが商売っ気が足りないのではなかろうか。実際に今も、晃太郎の背後を複数のグループが飲み屋を探して過ぎていった。

この商売っ気のなさと、仁哉を一度もここに誘っていない理由は同じだ。ドアを押して入った先、数段ほどの階段で繋《つな》がった半地下階と一階からなるフロアのどこにも女性の姿は見あたらない。

男同士で恋愛する者たちの間で、「出会いの場」として知られる場所なのだ。

声をかけてきた顔馴染みのスタッフに今日は飲みに来たと告げると、心得たように半地下の奥のソファに案内された。席につきオーダーをすませてほっと息を吐いた直後、晃太郎はつい顔を顰めてしまう。

半地下階と一階部分の境に当たる席に、大石とその新しい恋人が座っていた。落とし気味にした照明の中でも露骨に身を寄せ合い、顔を近くして話し込んでいるのがわかる。

心底呆れると同時に、スタッフが彼らが見えにくい場所を選んでくれたようだと知って感謝した。ついでに、大石と別れたことも周知らしいと理解して「やっぱり来るんじゃなかったか」と思う。

「何やってんだか……」

そもそも晃太郎と大石が出会ったのがここなのだ。常連同士でつきあい始めて七か月も続けば、常連やスタッフに別れが広まるのも早いだろう。

下手に声をかけられるよりはと素知らぬ振りでスマートフォンをいじっていると、横合いから「隣、いいかな？」と声がかかった。

「ナルミさん？　お久しぶりです、いらしてたんですか」

「今来たんだよ。で、晃太郎くんが来てるって聞いたから」

慌てて腰を上げ、返事の代わりにソファの中央から右に寄った。そんな晃太郎を見上げて、その人――ナルミはきれいな笑みを浮かべる。そのタイミングで、晃太郎がオーダーした飲み物が届いた。

「しばらく会ってなかったよね。元気にしてた？」

軽い口調でそう言うナルミの、本名も職業も連絡先も晃太郎は知らない。

このバーの常連同士として知り合った人だからだ。同じ日にフロアで見かけて、なおかつ互いに連れがなければ一緒に飲む程度の、つまりはこのバー限定での飲み友達でもある。

――ちなみに、明らかに年上の雰囲気がある人を「友達」扱いしていいのかという晃太郎の逡巡《しゅんじゅん》は、初めて一緒に飲んだ時のナルミ本人の、「律儀な子だなあ」という一言できれいに粉砕された。

「まあまあってとこです。こないだまで、ちょっと仕事が忙しかったんですけど」

「ああ、それでちょっと雰囲気違うんだ。……ふうん？」

得心したような顔をしたナルミが、ふと顔を寄せてくる。友人同士にしては近すぎる距離に、晃太郎は思わず尻で後ずさった。

「ちょ、ナルミさん近いですよ」

「そりゃ晃太郎くんが逃げるからだよ。いいからじっとしてみせて?」

にっこり笑顔で、さらにソファの端まで追いつめられる。フレグランスでも使っているのか、先ほどまでもあったかすかな香りがふわりと強くなった。笑みを浮かべたナルミに至近距離からじいっと見つめられて、ひどく落ち着かなくなる。

ちなみにナルミの服装は、淡い色のカラーシャツにジャケットというごくシンプルなものだ。なのにやたらお洒落《しゃれ》に見えるのは、着こなしがいいのか雰囲気によるものだろうか。

一目で男性だとわかるのに、躊躇《ちゅうちょ》なく「きれい」で「色気がある」という形容詞が出てくる人なのだ。本人はその気がないのかもしれないが、こちらとしては非常に心臓に悪い。

「……うん、なるほど。いい傾向かな」

「はあ。何が、でしょうか」

ひとり納得したように頷かれても、説明なしだからこちらは消化不良気味だ。なのでそろりと訊いてみたが、「さあ。何が、だろうね?」とにっこり笑顔で流されてしまった。

「そういえば、晃太郎くんの親友くんは元気?」

「あー……元気、だと思いますよ。ちょっと、しばらく顔見てないですけど」

「ああ、なるほど。そういうこと」

だから何が「そういうこと」なのか。思わず顰めっ面になった晃太郎を見るナルミは、何だか楽しげだ。訊いても無駄とは学習済みなので、晃太郎も首を竦めて息を吐いた。

「いろいろ騒がしいけど、大丈夫みたいだね」

「は、……あ、そうですね。おれは、別に。もう終わったことなんで」

言いながらナルミが目顔で指したのが大石たちがいる席で、さすがにこれはちゃんと意味がわかった。なのであっさり答えて、その後で気づく。

「あの、平気ですよ？　おれも、言いたいことはちゃんと言ったんで」

「そう、みたいだね」

結局のところ、気にかけてもらっているわけだ。毎度のことながらそれが伝わってくるから、晃太郎も多少の意味不明は流せてしまう。

「ナルミさん、お連れの方がいらしてます」

「そう？　——晃太郎くん、悪いけど」

ふとやってきたスタッフに声をかけられて、ナルミが腰を上げる。申し訳なさそうにこちらを見た。

「いえ、楽しかったです。ありがとうございます」

「こっちこそ、つきあってくれてありがとう。またね？」

軽く手を振ってきたナルミを、こちらも手を振り返しながら見送った。その後は適当に頼んだつまみと一緒にのんびりと飲んで過ごす。ナルミのおかげかささくれた気分も落ち着いて、寄ってきた顔見知りに大石との件に言及されてもさらりと流すことができた。

ことが起きたのは、帰る前にとレストルームに立った後だ。用をすませて出た通路に、大石の新しい恋人が人待ち顔で突っ立っていた。

実はこの青年とは、バーに来た直後に一瞬だけ目が合っている。すぐに外した視線の端で、わざとのように大石に密着してみせてくれた。

そもそも大石以前の恋人とつきあっていた頃から、この青年は何かと晃太郎を見ていたのだ。到底好意的とは言えない目つきだけで関わる気がなくなって、以降は意図的に距離を取ってきた。こういう状況になった今は、当然のことに疎遠を貫くつもりだ。

「今日はおひとりなんですね。それとも、この後どなたかと待ち合わせでも？」

かかった声にあえて反応せずにいると、青年は慌てたように晃太郎の前に回り込んできた。上目遣いに、晃太郎を見上げて言う。

「コウタロウさん、でしたよね。ちょっといいですか？　お話があるんです」

わかりやすく懇願の色が滲《にじ》んだ顔は少女めいて、いかにも不安げだ。少し突っついたら泣き出すのではあるまいか。

……なるほど、こうやって相手や周囲の同情を誘うわけだ。あざといやり方ではあるが確実な必殺技だなと、つくづく感心した。

無言で見返すだけの晃太郎に、悲しげだった青年の顔にほんのわずかな苛立ちが混じる。その時点で、大石への評価を下方修正しておいた。

……こんなわかりやすいのにあっさり騙《だま》されるとか、いくら何でもちょろすぎる。

「話、ね。おれはないな」

「あの、きちんと謝っておきたくて、それで」

「いらねえよ。あんたの謝罪を受ける義理も必要もなし」

「えっ」と眼を見開いた青年に、ごく事務的に続けてやる。

「別れる別れないはおれと大石さんの問題で、あんたには関係ない。この前にも言ったはずだ。部外者に首突っ込まれる方がよっぽど迷惑だってな」

間男や間女が出て来た結果、かえって話が拗《こじ》れるのは自明の理だ。付け加えて言えばそれが目の前の青年だった場合、相当に面倒な事態を引き起こすに違いない。

「そん、……何でそんな」

むっとした顔になった青年が、一転して表情を強《こわ》ばらせる。悄然《しょうぜん》と俯《うつむ》く素振りに予感を覚えた直後、横合いから聞き覚えのある声がした。

「おい、そこで何をして――、幸春《ゆきはる》？　どうした、何が……晃太郎、おまえ幸春に何を言った⁉」

「謝りに来たっていうから必要ないと断っただけですが？」

顔じゅうに「心配」と大書きした大石にうんざりして、晃太郎はとっとと踵《きびす》を返す。その背中を、焦ったような声が追いかけてきた。

「待て。だったらどうして幸春が泣いてるんだ？」

「そんなもん、本人に訊いたらいいでしょう。ついでにちゃんと言い聞かせておいてくださいよ。何の関係もない相手には近づくなってね」

涙まで出すのかと感心しながらわざとまっすぐ見据えた晃太郎に、大石はわずかに気まずそうな顔になった。

「……そういうきつい言い方は誤解を招く。損をするからやめろと何度も言ったはずだ」

「余計な世話です。そもそもあんたがちゃんと見張ってれば、こんなことになってないでしょうが」

「幸春は繊細なんだ、もう少し気遣いってものを」

「おれがそいつを気遣わなきゃならない理由がどこにあると？」

速攻で言い返すと、さすがに大石も黙った。微妙な沈黙の中、小さく響く啜り泣きに晃太郎は自分が立派な悪人に見えるのを自覚する。

何しろ、フロア中がこちらに注目しているのだ。どうやって収拾をつけたものかと内心で唸《うな》っていると、ふいに少し離れた場所から揶揄めいた声がした。

「そっちの兄さんが言う方が一理あるよなあ。そんなに可愛い恋人なら、そこで泣かせてないでとっとと連れて帰ってやれば？」

大石とは違うテノールの響きに思わず顔を向けると、晃太郎と同世代のシルバーフレームの眼鏡の男が面白そうにこちらを見物していた。

視界の端で、大石が太い眉根を寄せる。ちらりとこちらを見やる様子からすると共謀を疑われているらしく、だったら放置というわけにもゆくまい。

「失礼ですが、どちらさんですか？」

部外者が余計な首を突っ込むな、という言外の声が届いたのかどうか、眼鏡男は唇の端をにやりと歪《ゆが》めた。

「ここの常連。あんたとそっちのでっかい兄さんとは話したこともないがね。そっちのちっこいのは別だけど」

晃太郎が思わず幸春に目を向けるのと、大石が同じ反応をしたのがほぼ同時だった。

さらに深く俯いた幸春が、おずおずと顔を上げる。途方に暮れた風情で見上げられた大石の表情が変化していくのを目にして、「あ、面倒なことになりそう」と直感した、その時だ。

「実際んとこ、そのちっこいのは部外者だし？　そんなもん、泣かせてまで追及すんのも趣味悪いしさ。でっかい兄さんも、可愛い恋人の泣き顔を他の男には見せたくないだろ？」

「……それこそ、部外者に指図されるいわれはないが？」

俯いた幸春を懐深く抱き込みながら、大石が声を尖らせる。対して、眼鏡男は軽く笑った。

「部外者として言わせてもらうが、第三者的に正論はこっちの兄さんの方だぞ。実際、そのちっこいのが自分から近づいていくのも見てたしな。――まあ、この場で話をつけるってんなら喜んで見物させてもらうが」

「見物、だと？」

「違うか。この場合、さらし者でいいのか？」

言いながら視線を向けてきた眼鏡男に、どうしてそこで話を振ってくるのかと心底呆れた。

なのであえて完全無視して、晃太郎は大石に目を向ける。

「話をするにせよ、時と場所を考えるようにって、つきあってた頃から何度も言いましたよねえ？」

一応、記憶はしていたらしく、渋い顔の大石が黙る。それへ、わざと声を低くして続けた。

「おれはもう、あんたたちと関わる気はないんです。どうしても話をつけたいなら応じますが、その時はそっちの彼は抜きで。だからって変に勘ぐられるのも迷惑なので、その際は、そうですね……そっちの人の立ち会いを頼みましょうか？」

言いざまに、相変わらずにやついている眼鏡男を示してやった。どう反応するかと思いきや、男は軽く瞠目《どうもく》したものの妙に楽しげだ。

大石はと言えば顔を顰めているが、あれは前向きに思案している時のものだ。腕の中にいる青年――幸春の顔は一部しか見えないが、かなり厭そうなのがここからでもわかった。

「賛成だな。ひとまず間を置いて頭を冷やした方がいい」

「……わかった。先に失礼する」

短く言って、大石は改めて周囲とスタッフに詫《わ》びを入れる。支払いを終えて出ていく際に、幸春が恨めしげにこちらを睨んでいるのが見て取れた。

認識を訂正しておこう。アレの中身は、どうやら予想以上だ。

少々慄《おのの》いた後で、露骨に視線を感じた。つい目を向けるなり、いつの間にかすぐ傍に来ていた眼鏡男と目が合う。

そういえば、この男に仲裁してもらったようなものなのだ。胡散臭いにやにや笑いは気になるが、ここはきちんと礼を言っておくべきだろう。

「さっきは助かりました。礼は言わせていただきます。……で、おれに何か用でも？」

男が晃太郎を知っていたように、晃太郎も男のことは認識している。常連同士というだけでなく、大石とつきあっていた頃からたびたび視線を感じていたせいだ。知らぬ振りで通していたが、どうやら興味を持たれているらしいと察してはいた。ただし、どういう意味での「興味」なのかは不明だが。

にやにや笑いの軽薄さを差し引いても目を引く男なのだ。インテリといった雰囲気にしろ微妙に崩した着こなしにしろ、相手に不自由するタイプには見えない。――要するに、「可愛げがない」晃太郎にわざわざ声をかける必要性はどこにもない。

光速で達した結論に、己がどれだけやさぐれているかを改めて思い知った。思わずため息をついた晃太郎に、眼鏡男が眉を上げる。

「礼の言葉だけってのも味気ないし、ついでにちょっとつきあってくれないいか？　お近づきの印に一杯奢《おご》るよ。どうせひとりなんだろ？」

「……は？」

露骨に怪訝な顔をしたはずの晃太郎に、眼鏡男は面白そうに笑った。

「厭なら無理にとは言わない。無理強いは趣味じゃないしな」

さらりと言われて、素直に反省した。改めて、晃太郎は目の前の男を見上げる。

「いや、失礼、奢るのはこっちでしょう。ってことで、何にします？」

「いいのか？」

「もちろん。今回の礼ってことで」

にっこり笑顔で返すと、眼鏡男は気づいたように眉を上げた。

「礼なのか。できれば貸しは作ったままにしておきたいんだが」

「あいにくですが、借りたものは即返しする主義なんで、――バーボンでも？」

「いいな」

それなりの期間、意識していた相手だ。把握していた銘柄を口にした晃太郎に、眼鏡男は満足げな笑みを作った。「席で待ってる」と言い置いて、先ほどまで晃太郎がいたソファへと歩き出す。それを数秒見送ってから、カウンターへと足を向けた。

どうにもこうにも、やばい相手と関わりを作ったらしい。と、確信した。

4

日付が変わる前に、晃太郎はバーを出た。

例の眼鏡男は、まだ店内だ。「先に帰る」と告げて席を立った晃太郎にスマートフォンを操作しながら手だけ振って寄越してきた。

街灯が照らす夜道を駅へと向かいながら、晃太郎は案外楽しかったなと思い返す。

予想外に話し上手で、話題が豊富な男だったのだ。おかげで久しぶりに気楽な時間を過ごせた。

次にバーで見かけたら、声をかけてみようか。

駅のホームに立って入ってくる電車を眺めながら、ふとそう思う。直後、いやあのバーでそれはまずいだろうと考え直すのと同時に気がついた。

「そういやおれ、名乗ってないな。あっちの名前も聞かなかったし」

加えて「次も」という話もなかったのだから、つまり向こうとしては今後もという気はなかったということだ。少しばかり残念な気がしたものの、晃太郎はすぐに「その方がいいか」と思い直す。

「アレ、また絡んで来る気がするしなあ……あのバーも、当分は近づかない方がいいか」

電車のドア横に立ちながら、思い出したのは大石の恋人——幸春が去り際に見せた、恨みがましげな目つきだ。

あれで諦めたとは考えにくい。だったら、できるだけ接点を持たないのが一番だ。とはいえあのバーは晃太郎にとって気楽に出入りできる古巣のようなもので、出入りを控えるのは結構きつい。

最も落ち着く場所——「沙耶」に近づけずにいる今は、なおさら。

スーツの内ポケットに入ったスマートフォンを意識したものの、あえて思考を振り払った。代わりに、夜を映した車窓へと目を向ける。

時間のせいか、この車両に乗っている人数も片手ほどだ。立ったままでいる酔狂な乗客は晃太郎だけ——ではなく、窓に映る車両逆側の扉横に長身が立っている。

「……れ？」

鏡と呼ぶには明度が低いそこに映っているのは、先ほどまで一緒に飲んでいた眼鏡男だ。バーに残ったんじゃなかったのかと思い、あの後何か連絡でも入って予定変更したのかと考え直す。帰りの路線が同じとは、偶然とは面白いものだ。

——などと思った暢気《のんき》すぎる自分を、自宅最寄り駅で降りて歩き出して数分後に罵倒《ばとう》する羽目になった。

真夜中の住宅街は、昼間とは別世界のように静かだ。駅前にこそ明るく賑《にぎ》やかな一帯があるものの、通りを進むごとに街灯だけが頼りになる。車の行き来もごく希《まれ》だし、通行人も同様だ。

眉根を寄せて歩調を早めると、背後から聞こえる足音も早くなった。わざわざ振り返ってまで確かめはしないが、音と気配からしてつかず離れずの距離に、あの眼鏡男がいるはずだ。

どういうわけだと自問するたび、顔が歪んでいく。さぞかし凶悪な顔になっているに違いないと確信した頃、自宅アパートに辿りついた。敷地へと足を踏み入れて、背後の気配が続くのを待つ。

「……で？　おれに何か用でもありますか」

おもむろに振り返って言ってやると、アパートの門から三歩ほど入った場所で、眼鏡男は足を止めた。「おや」とでも言いたげに、気障《きざ》な仕草で肩を竦める。

「用ねえ。あると言えばあるかな」

「それにしても不穏なやり方では？　バーで言うか、駅か電車内で声をかければいいことだと思いますが」

「ああ、やっぱり気づいてたんだ？」

指摘してやったのに、眼鏡男はにやにや笑いのままだ。顔を顰めた晃太郎を眺めて上着のポケットを探ったかと思うと、大股に横を行き過ぎた。アパート一階の、一室の玄関ドアを開けてみせる。

「ここの一〇三が、オレんちでね」

「――……はあ？」

予想外すぎて言葉が続かない晃太郎をよそに、眼鏡男は開けたドアを再び閉じる。重石《おもし》よろしくそこに寄りかかり、にやにや笑いでこちらを見つめてきた。

「……いつから、知ってたんです？」

「四か月ほど前かな。残業終わりの帰りに電車が一緒で、そっちが先に降りてった。部屋は二階の二〇三で合ってる？」

「――合ってます、ね」

言うなり、盛大なため息がこぼれた。こちらを見る眼鏡男の、やけに楽しげな様子に思わず声を尖らせる。

「だったら、バーででもそう言えばよかったじゃないですか」

「それじゃあ面白くないだろ。主にオレが、だけど。ついでに、ちょっと運命みたいなものを感じないか？」

「……全然聞きたくはないんですが、念のため確認します。何の運命ですか」

「全然聞きたくないって、おまえ……いいねえ。その正直さってか、まっすぐなところなんか特に」

露骨にうんざりした声と顔だったはずなのに、眼鏡男の反応は明後日《あさって》の方向に来た。にやにや笑いのまま、あっさりと続ける。

「初めてバーで見かけた時からおまえが気になってたんだよ。けど相手持ちなのはすぐわかったし、強奪は趣味じゃないんでひとまず様子を見てたわけだ。そう長く待つこともなさそうだったしな」

「様子見、ね。——長く待つこともなさそうってのはどういう意味です？」

薄々返答の知れた問いを投げると、眼鏡男は男臭く笑った。

「そう長くは続かないと踏んだ。強奪しようにもまず乗らないだろう、ってのもありで、だから健気《けなげ》に遠目に想ってたわけだ。ってことで、おまえオレとつきあわない？」

「誰が健気ですか。第一、つきあいたいならバーで言えばいいことでしょう」

ここで黙ったらいいように転がされると確信して、呆れ混じりに言い返す。と、眼鏡男は悪びれもせずにやりと笑った。

「本当に好みかどうかは実物と接してみないとわからないんでね。——ああそうだ、オレは二股みたいな面倒はやらないぞ。おまえを見つけてからは誰ともつきあってないしな」

言いながら、男はスーツのポケットからシルバーの名刺入れを取り出した。慣れているが丁重な手つきで、抜いた一枚を差し出してくる。

「勤務先だ。部署は営業、賞罰は特にないが、成績は上から二番か三番ってとこか。もちろん恋人は大事にするんで、結構な優良物件だと思うぞ？」

何でここで名刺交換かと呆れる晃太郎の手に、ぐいぐいと押しつけてきた。

「あの、ですねえ」

「……晃太？」

うんざり口を開きかけたタイミングで、今ここにいるはずのない人物――仁哉の声に名を呼ばれる。ぎょっとして目を向けた先、少し離れた階段の傍から出てきた影を認めて思考が一時停止した。

「今日は遅かったんだね。まだ仕事が忙しいんだ？」

「――おう。いや、そういうわけじゃないんだが。そっちこそ、店……はもう閉店時間過ぎてるか。明日の仕込みとか、あるだろうにいいのか？」

言いながら、仁哉の顔も声もいつもと変わらないことにほっとした。そこで、目の前にいた眼鏡男から「誰？」と訊かれる。

興味津々といった様子に、微妙に厭な予感がした。なので、即座に「親友」と返しておく。ついでにとばかりに一息で言った。

「あいにくですが、おれは当分そういうのは考えないことにしたんで。諦めて、他を当たってください」

「なるほど。じゃあその気になるまでつきまとってみるとするか」

「……はあ？」

犯罪寸前の予告に晃太郎が目を剝くと、静かな声が割って入った。

「そういうの、ストーカーって言うんじゃないですかね」

「あいにくだが、それを決めるのは親友くんじゃなくこっちの彼だろ。——じゃあ、そういうことで」

仁哉に言い返した眼鏡男は、晃太郎にひらりと手を挙げてから背にしていたドアを開いた。中に入って閉める寸前に、思い出したように振り返る。

「今日は楽しかったぞ。また一緒に飲もうな？」

音を立てて閉まるドアを睨みつけたのは、背後からの視線を痛いほど感じたからだ。そのまま動けずにいると、いつも通りの柔らかい声がする。

「今の人、知り合い？　ずいぶん親しそうだったけど」

どうしてか、背すじがぞくりとした。まずいと直感してすぐさま振り返り、晃太郎は早口に言う。

「いや全然。行きつけのバーでよく見る顔ってだけで、口を利いたのは今日が初めてだ。まさか、ここに住んでるとは思わなかった」

「それだけ、じゃないよね。一緒に飲んでたみたいだし」

「う、——あー……その、ずっと顔出さなかったしメールの返信もしなかったのは謝る。ごめん、おれが悪かった。詳しい話は、うちでいいか？」

今さらだが、時刻は深夜だ。昼間以上に声が響く以上、屋外で下手な話はできない。

そんな思いでの申し出に、仁哉は苦笑した。

「それはちょっと。駅前にファミレスあったよね。そこにしようよ」


時刻を思えば意外なことに、百席を超える規模のファミリーレストランにはそこそこ客が入っていた。夜遊び中の学生らしく、入り口からもっとも遠い一角に陣取っている。通常なら眉を顰めただろう賑わいを、しみじみありがたく感じた。これなら周囲に聞かれる心配はない。

「そういうわけで、アパートの敷地に入って初めて、さっきの……井崎《いざき》だっけ、あいつがあそこに住んでるって知ったんだよ」

「それにしてはずいぶん親しげだったよね？」

「誰に対してもああなんだろ。こっちは助けられた立場なんで、一杯奢って借りを返した。それで終わりだ」

「……本気で言ってる？　さっき告白されてたよね？」

メニューを見もせずオーダーしたコーヒーを前にいつもの柔らかい口調で言われて、晃太郎は返答に窮する。指の間に挟んだままの名刺の中央に記された『井崎護《まもる》』の文字を、眺めた。

「それこそあっちが本気とは限らないだろ。こっちの名前を聞きもしなかったしな」

「知ってたからじゃないかな。晃太のアパートって表札も出してるし、俺もさっき晃太のこと名前で呼んだから。――で、どうするの。彼とつきあうつもり？」

「まさかだろ。そういうのは当分ナシでいいや」

ため息と前後してこぼれた言葉を自分の耳で聞いて、先ほど井崎にも告げたそれが掛け値なしの本音なんだと改めて実感した。

「――、それは……俺の立候補も含んでって意味で言ってる？」

「いや、その。あのさ、それって本気、なんだよな？」

指摘されて「そういえば」と思い出すなり、勝手に問いがこぼれて落ちた。その直後、晃太郎は自分の発言を心底後悔する。

仁哉が、見る間に途方に暮れた顔になったからだ。落ちてきた罪悪感は持て余すほど重くて、晃太郎は慌てて言葉を継ぐ。

「や、だってさ。仁哉は大事な友達だし長年のつきあいだし、傍にいるのが当たり前で一緒にいると安心できるし……その、そういう相手として意識したことが全然ないっていうか」

先日の告白の時も今回も、真っ先に脳裏に浮かんだ言葉は「あり得ない」だ。とはいえ、さすがにそれを口に出すのは憚《はばか》られた。

「本気でもないのに、あんな真似はしないよ」

「……だよな」

重い沈黙を破って、仁哉が言う。緊張のせいか少し強ばった顔の親友に、短く頷いて返した。

中学から一緒で、一番気を許せる友人だ。晃太郎にとっては両親以上の、傍にいるだけで落ち着く存在——だからこそ知っている。遊びや一時の気の迷いで、あんなことができるわけがない。

……知っているからこそなかなか混乱が収まらなかったし、再三の連絡に応じることもできなかったのだ。

「改めて言うけど、俺は本気だよ？」

差し出された言葉は抜き身の刃のようだ。こちらを見る顔も目も真剣そのもので、気圧《けお》されたせいか視線すら合わせていられなくなった。

「待て。ちょっと待ってくれ。その、……いつから？」

「ちゃんと自覚した、っていう意味なら大学に入って間もない頃かな。ただその前から、晃太がつきあってる人のことを聞くたびもやもやする感じはあったんだ。高校の頃は、晃太を奪《と》られた気がするからだと思ってたけど」

「は？　ちょ、ストップ。っておまえ、高校ん時はいいとして大学でもちゃんと彼女がいただろ。それも結構長くつきあってた、よな？」

常時ではないが仁哉にも高校、大学と彼女がいた。だから晃太郎も自分の恋人の話ができたのだし、先日のあの出来事が受け入れられなかった。

「高校の時のは強引につきまとわれたあげく、外堀埋められたんだよ。最終的には全然手を出さないって理由で振られた」

「は？　振られた理由ってそれなのか」

確かあの時はよりにもよって学内で、しかも目立つやり方で別れたらしく盛大に噂《うわさ》になっていたのだ。仁哉には珍しいうんざりした様子に、結局詳しい理由を聞く機会を逃してしまった。

「大学の時のは彼女じゃなくて友達。あえて周囲が誤解するよう振る舞ってたのは事実だけど、それも頼まれたからだし」

「頼まれたって、どういう……」

「簡単に言うと、俺はカムフラージュの相手だったんだ。彼女、真剣につきあってる相手がいたんだけど、かなり年上の妻帯者でね」

「……それ、不倫の片棒担いだってことじゃないのか」

返す声が、すっと低くなった。

そういった話が、晃太郎はとても嫌いだ。両親が揃《そろ》って不倫したあげく揉《も》めに揉めて離婚したことが大きいが、おかげさまで未成年にして「けじめを知らない節操なしには関わらないのが得策」という信念を抱くに至った。

人それぞれに事情はあるものだし、人の気持ちは移ろうものだ。それを否定する気はないが、自分の気持ちに正直になる前に筋を通すべきではあるまいか。

苦笑した仁哉は手にしていたカップをソーサーに戻すと、いつもの柔らかい口調で言う。

「そういうことになるね。ただ、相手の人は離婚の意思表示はしてたんだよ。奥さんが頑として応じなかっただけでね。彼女と相手の人は互いの気持ちを確認しただけで、その先には進んでなかったみたいだし。――カムフラージュは奥さんに向けてじゃなく、彼女の周囲の男への牽制《けんせい》のため、かな」

「……へえ」

ひとつ年上の仁哉の当時の「彼女」は、そういえば学内でも知られた才媛《さいえん》だった。同じサークルにいたから知っているが、やたら周囲の男どもからアプローチを受けていた。仁哉と公認になった後も、かかる声は減りこそすれなくなりはしなかったはずだ。

「事前に全部説明してもらって、相手の人とも顔は合わせたよ。どっちも真剣だったから、それなら協力しようかなって」

「……実は騙されてたとか、ないのか？」

「ないと思う。もしそうだったとしても、こっちはこっちで協力する理由があったたし」

「理由って？」と訊く声が、とても胡乱な響きを帯びた。それへ、仁哉は懐かしむような顔でさらりと言う。

「好きで好きで、でも表には出せない。本当の気持ちを周囲に言えない。――そういう状況に共感したんだ。俺も、そうだったから」

予想外の切り返しに返答を失った晃太郎に苦笑してみせて、仁哉は続ける。

「最終的には協議離婚して、結婚式にも招待してもらったよ。今も仲良くやってて、たまにうちにランチに来てくれるんだ」

「……そっか」

一言、返すのがやっとだった。再び落ちた沈黙の中、晃太郎は必死で言葉を探す。

「あの、な。その……本気なのはわかった、けどさ。何でおれなんだ？」

「何でって言われても。もともと好きじゃなければ親友にはならないよね」

「そうじゃなくて、さ。その、……おまえ別に恋愛対象が男ってわけじゃない、だろ？　それとも、実は男とつきあったことがあるとか言う？」

そういう意味で女性に興味を持てないことを晃太郎が自覚したのは、高校生になって間もない頃だ。生来そうだったのか、両親のあれこれを見てきた影響なのかは今となってもよくわからないし、考える意味があるとも思わない。

「ないけど、そういう意味で好きになったのは晃太郎が初めてかな。きっかけとかは別になくて、アレルギー反応みたいな？」

「何だその疫病神《やくびょうがみ》みたいな厄介《やっかい》な例え」

一時停止した思考とは裏腹に、勝手に言葉が口からこぼれた。とたん、仁哉が苦笑混じりに言う。

「そういう意味じゃなくて、アレルギーっていきなり出るよね。あれって、つまりは人の中にアレルゲンを溜めておく器みたいなものがあるらしくて」

目には見えないその器がアレルゲンでいっぱいになって溢《あふ》れた時に症状が出る、のだそうだ。

「好きが溢れて自分でもどうしようもなくなって、それで自覚せざるを得なくなったっていうのが真相、かな」

「……──」

少し困ったような、けれど同時にとても柔らかい表情で告げられて、何を言えばいいかわからなくなった。

本当に本気なのだと、理屈でなく理解してしまったからだ。

晃太郎の様子で何か気付いたのか、仁哉は向かいの席で居住まいを正した。

「自覚した後は、意識して親友をやってたんだ。だから、晃太が驚くのも戸惑うのも当たり前だと思う。……この前のあれも、俺が勝手に暴走してあんなことになったし」

いったん言葉を切って、仁哉はまっすぐに晃太郎と視線を合わせる。

「でも、さっきも言った通り俺は本気だよ。もう隠す気もない。――だから、晃太にも俺のことを本気で考えてほしい」

向けられた言葉は痛いくらいに真摯《しんし》で、――だからこそ晃太郎は途方に暮れた。

5

「なあ、今日仕事上がったら飲みに行かないか？」

すぐ傍からかかった誘いの声に、思わず渋面になっていた。

即、距離を取りたいところだが、満員の通勤電車では不可能だ。同じ駅から乗るとはいえ、どんなにぎゅう詰めでもコバンザメのごとく晃太郎に張り付いてくるあたり、大した根性だとやけくそ混じりに感心する。

「遠慮する。必要性を感じない」

顔も向けず声だけ返して、晃太郎は頭上の吊革を摑む指に力を込める。通勤で使う路線は比較的カーブが多く、吊革か手摺《てす》りの使用が必須だ。

「必要性ねえ。どっかで作ってくるかな」

あり得ないことを平然と宣《のたま》う井崎はこの一週間、毎日晃太郎について出勤している。

（そこで何やってんですか）

一緒に飲んだ翌朝のアパートの階段下に井崎を認めた時、まず出たのはそんな問いだった。ろくに眠れていなかったこともあって、それなりに凶悪な顔をしていた自覚はある。そんな晃太郎を、井崎はやけに面白そうに眺めてきた。

（そりゃ懐柔するためだろ。――まさか、もう忘れたとか言わないよな？）

思わせぶりに顔を寄せられて、思わず眉根が寄った。それでも笑みを崩さない様子に、言うはずのなかった言葉が口をついて出ていた。

（人の周りをひっかき回すのが、そんなに楽しいですか）

（楽しいね。正確にはひっかき回すのがじゃなく、こうやってまともに話せるようになったことが、だが）

井崎が浮かべた笑みはいつものにやにや笑いとは別のごく素直なもので、正直に言えば毒気を抜かれた。どうやらこちらも本気だと今さらに悟って、何とも言えない気分になった。

そこできっぱり拒否し損ねたのが、敗因だったのだろう。以来毎朝、恒例のようにこうして誘いをかけてくる。本人曰く、これまでもほぼ毎日、晃太郎の背中を見ながら出勤していたのだそうだ。

ちなみにそれを聞いた晃太郎は、まるで気付かなかった自分に心底呆れることとなった。

「つれないよなあ。もっと気楽にしていいだろうに」

「……あの時、はっきり断ったはずだ」

軽い口調で愚痴を言われて、何を言うのかと呆れた。その響きをたっぷり含ませて返しながら、「そういえば井崎への敬語が取れたのはいつだったか」と考えてみる。

敬語だったのも成り行きなら、それが取れたのも何となくだ。年齢はさほど離れていないようだし、井崎の方も気にしていないからいいとした。

「愚問だな。諦める気はないって言ったろ?」

「………」

当然とばかりに即答されて、どうにもため息が出た。

それでなくとも、想定外のことが起きて対処に窮しているのだ。正直に言えば、今はこの男のことまで考える余裕がない。

だからといって、このままずるずるとつきまとわれるのも遠慮したい。そうなると、やるべきことはひとつだ。

「――飲みは無理だが、食事は? 二十時には解散ってことでよければ」

「え、いいのか。本気《マジ》か、本気だよな? もちろんOKだ」

一週間前の「楽しいね」の時と同じ、子どもみたいな顔で喜ばれた。

ギャップに目を白黒させながら、口頭で待ち合わせ場所と時間を決める。ちょうど終わった頃に電車は駅に着いて、井崎は勇んで降りていった。

「……全然、楽しい誘いじゃないぞ……」

きっちり引導を渡すために、時間を取るのだ。再確認して、晃太郎は長いため息をついた。


約束の時刻の五分ほど前に、晃太郎は待ち合わせ場所の駅前広場に着いた。

周囲を見回し井崎の不在を確かめてから、近くにあった街灯の柱に寄りかかる。スマートフォンに届いていた新着メールを確認したところで、井崎が急ぎ足で姿を見せた。

「お疲れさん。悪い、待たせたな」

「いや、そう待ってない。そもそも今がちょうど時間だ。で、どこに行く？　こっちから誘っておいて悪いが、おれはこのあたりに詳しくなくてな」

「どうせなら料理が美味いところがいいと思ってね。オレの行きつけに予約を入れてるが、構わないか？」

「任せる。っていうより大した理由もなく予約キャンセルなんかするもんじゃないだろ」

思わず小言が出た晃太郎に、井崎は「律儀だな」と笑う。「まあそこがいいんだけど」と続けられた言葉に、とても微妙な気分になった。

案内された店は、賑やかな通りからは少し外れた路地にあるダイニングバーだった。

入口付近に列をなす十人を超える待ち人に、だから予約したのかと納得する。込《こ》み合う店内をスタッフの案内で奥へと進む途中、物珍しさにきょろきょろしていたせいで誰かとぶつかった。

「……、と、失礼——」

慌てて顔を上げるなり目に入ったのは見知った顔で、謝罪の声が不自然に止まった。晃太郎より十ほど年上の、いわゆる美男ではないが低く落ち着いた声と物腰が印象的な——数年前につきあっていた、かつての恋人。

別れて以来、顔を合わせるのは初めてだ。あまりの意外さに三秒ほど固まっていると、相手がわずかに眉を寄せるのがわかった。

反射的に「あ、困ってる。あと心配もしてる」と認識した。それで、慌てて会釈とともに謝罪を口にする。

「失礼しました。大丈夫でしたか?」

「ええ。そちらは?」

「大丈夫です。すみませんでした」

何事もなくすれ違った後は、少し先で待っていた井崎に追いつくことに専念した。

着いたテーブルは個室風に仕切られていて、他人に聞かれたくない話をするには最適だ。

安堵しながらオーダーをすませて、晃太郎は向かいに座る井崎へと目を向ける。

「前にも言ったはずだが、当分そういう相手を作る気はないんだ。今回のでいろいろ懲りたんでね。だから、待たれてもまず応じられない」

言った後で、ストレートに言い過ぎたかと後悔する。対して、井崎は平然と「だろうな」と返してきた。

「今回のと、昔のもおよそは知ってる。おまえの今までの相手全員があのバーで見つけたんだったら、の話だが」

動じたふうもなく返されて、晃太郎は顔を顰めた。

我ながら情けない話だが、晃太郎の恋愛も長続きしないのが常だ。高校生の時に初めてできた恋人とも半年で終わったし、その後も最も長くて七か月、短い時には数日で終わってしまう。

性的指向を周囲に披瀝《ひれき》する気はなかったから、大学入学以降はその手の人間が集まる場所で相手を探した。ここ数年はあのバー一辺倒で、名前を知らない常連であっても過去に誰とつきあったかは薄々察している。裏を返せば、晃太郎のそれもおよそ知られているわけだ。

晃太郎の破局のほとんどの理由が、「相手に別の相手ができた」というものだということも。

「――、……」

双方無言となったタイミングで、料理が届けられる。こちらに合わせたらしく、井崎のオーダーもアルコール抜きだ。

「さっき通路で出くわしてたの。アレもおまえの元彼だろ？」

「は？」

食事を始めてまもなくの不意打ちの問いに、出た返事は一音だ。なのに、井崎には晃太郎の言いたいことがわかったらしい。

「一目瞭然《りょうぜん》だよな。おまえもだけど、相手の方も」

「……偶然、ぶつかっただけの相手だとは思わないのか？」

「全部顔に出てたからな。けどさ、アレって別れなくてもやりようがあったパターンだったんじゃないか？」

そこまで顔に出るわけがあるかと言い返しかけたものの、無駄な気がしてやめた。そういえば、にやにや笑いが定番のこの男は存外に鋭かったのだ。

「もう終わったことだからな。で、話を戻すぞ。そういうわけで、待ってたところで時間の無駄だ。もともとおれは長続きしないたちだし、だったら他を当たった方がいい」

「永久にじゃなく当分、なんだろ？　つまり、いつかはその気になるわけだ。だったら待つのも悪くないと思うがね」

即座に切り返されて、咄嗟《とっさ》に返答に詰まる。そこに、続けて声が飛んできた。

「それとも、死ぬまで恋愛しない決心でも固めたのか」

「……まさか。いくら何でも」

「じゃあ待ってても無駄じゃないよな」

「いや考え直せって。その気になったとして、あんたとつきあうとは」

「もちろん承知の上だが？」

朝と同じ素直な満面の笑みで、井崎はけろりと言う。

「それまでは飲み友達ってことで。連絡先交換して、たまーに誘うくらいいいよな？」

「待てって、おれは」

「友達も却下とか言わないよなあ？　あのバーにもちゃんとそれらしい相手がいるんだしな」

バーで一緒になったら飲む顔見知りは、ナルミを筆頭に数人いる。それで返事に詰まっていると、井崎はいい笑顔で付け加える。

「ついでに、待つとは言ったが完全保証はしないぞ」

「は？」

「俺もふつーに男なんで、他にいいと思う相手がいたらそっちに行く可能性もある。もちろん礼儀として、その時はちゃんと断るが」

当然のように言われて、むしろ拍子抜けがした。

「……だったらふつうに飲み友達でいいんじゃないのか」

「駄目だね。待機ありにしておかないとおまえ、とっとと忘れるだろう」

「一方的に拘束してるようでこっちが落ち着かないんだ」

するっと肯定した続きで理由を口にすると、井崎はしたり顔で言う。

「逆だろ。こっちが勝手に縛られてんだよ。しかも、縄の結び目もこっちで握ってるしな」

「――聞きたいんだが。何でおれなんだ？　あんただったら、そういう相手には不自由しないだろうに」

「おまえが気に入ったからだ。確かに相手に不自由したことはないけどな」

つまり、キャンセル待ちの申し込みをした気分でいるわけだ。順番が来る前ならいつでも取り消しが利く、という。

何て物好きなんだと、つくづく呆れた。ため息混じりに、晃太郎は言う。

「わかった。あんたの好きにすればいい」

単純に飲み友達にするなら、悪い相手ではない。どうせ遠からず気が変わって、別の相手を見つけるに決まっていた。

6

当初の予定通り、二十時過ぎには食事を終えてダイニングバーを出た。

今なら間に合うと安堵して、晃太郎は店を出たところで井崎に手を挙げて見せる。

「じゃあ、おれはここで」

「ここでって……ああ、例の親友くんの店にでも行くのか。だったら俺もついてってていいよな？」

「は？」

　何の脈絡もない指摘にその場で固まって、晃太郎はそろりと言う。

「何で知っ……ついて行く、って」

「ん？　その予定があったから飲みなしで、早めに切り上げたんじゃないのか？　これから行くってことは親友くんの店は飲食店、それも喫茶店の類だよな」

「……どうしてそうなる」

　思わず、胡乱に見つめてしまった。それへ、井崎はにやりと笑って返す。

「この間の夜、店がどうの翌日の仕込みがどうのって言ってたろ。で、今から——食後に行っても問題ない店となるとそれ以外ないよな。この時刻からわざわざ別の路線に乗ってまで行く場所が、他にあれば別だけどさ」

「……察しがいいのは結構だが、もっと有効活用したらどうだ？」

「十分有効に活用してると思うが？　いずれにせよ、俺もコーヒーが飲みたいんだ。駄目なら駄目でいいぞ、勝手について行くしな」

　悪びれたふうもなく言い切られて、反論する気が失《う》せた。

「好きにしろ。ただし、おれは案内しないぞ」

　言い捨てて、早足で目的の駅へと向かう。実を言えば仁哉には「夕食をすませてから行く」

と連絡済みなのだ。

一応心得てはいるようで、井崎は同じ車両に乗っても晃太郎に近づくことはなかった。「沙耶」の最寄り駅で降りて歩く間にも、連れに見えない程度の距離を取っている。

強引で図々しいくせに、見事な気遣いをする。そのあたりも含めて、つくづく読めない男だと呆れ半分に感心していたせいで、反応が遅れた。

「沙耶」の出入り口ドアに手をかけたのと、背後からいきなり腕を取られたのがほぼ同時だった。ぎょっとして目を向けた先、勝手に腕を組んできた井崎に気付いて「おい」と咎めた時にはもう、開いた扉の奥に押し込まれていた。

「ここまで一緒に来たんだし、入る時くらいはいいよなあ?」

「ちょ、いいわけが……っ」

続くはずの声が喉の奥で半端に止まったのは、振り返りかけた視線の先で仁哉と目が合ったせいだ。いつものようにカウンターの奥からこちらを見て、瞬時に表情を消してしまった。

慌てて、井崎の腕を振り払った。

「いい加減にしてくれ。一緒に来る気はないと言っただろう」

「ずいぶん冷たいこと言うなあ。わざわざ案内してくれたのにさ」

「誰が。あんたがあとをつけてきただけだろうが」

ぎろりと睨みつけて、背を向けた。そそくさとカウンター端の指定席に腰を落ち着け、改めてカウンターの中に目をやると、仁哉は既に見慣れた柔らかい顔に戻っている。

「お疲れさま。いつものでいい?」

「うん、頼む」

微妙な気まずさを覚えつつ頷いた晃太郎に、仁哉は苦笑した。慣れた手つきでサイフォンの準備をするのを眺めた後で、ふと思いついて店内を窺う。

案の定というのか、こちらを見ていたらしき例のバイト女子大生が露骨に顔を顰めた。騒いだ自覚はあるので、今回ばかりは文句は言えない。騒ぎの発端となった井崎はといえばすでに窓際の席に陣取って、興味深げにカウンターへ目を向けている。

「……邪魔か?　だったら責任持って、追い出すが」

カウンター越しにコーヒーが出てきたタイミングでこそりと訊いてみると、仁哉は一瞬きょとんとした。目顔で窓際を指した晃太郎に、かえって眉根を寄せてみせる。

「晃太が連れてきたわけでもないのに、わざわざ?」

「それは、そうなんだが。その」

「オーダーも入ったし、お客さんでいいよ。邪魔だったら俺が言う。晃太は何もしなくていい」

「……お、おう」

いつになく強い口調に怯んだが、こういう時の仁哉には逆らわないのが吉だ。なので、晃太郎はおとなしく目の前のコーヒーに集中する。すっかり慣れた好みの味のはずなのに、何だか今日は妙に苦く感じた。

——ここ最近は、ずっとそうだ。ここ「沙耶」は現時点で、晃太郎にとって気楽で安心できる場所ではなくなっている。それでもここのところ毎日のように訪れるのには理由があって、もちろん納得した上でのことでもある、のだが。

結局、井崎は閉店三十分前まで席にいた。帰り際、会計前にカウンターに寄ってきて「まだ帰らないんだろ？」と声をかけてくる。

「……仁哉と話せてないからな」

週日に、夕飯なしでコーヒーだけの時は適当なところで切り上げる。それが長年の常だけれど、今日ばかりは話が別だ。

先ほどの親友の様子が、妙に気になって落ち着かないのだ。「ふーん」の一言で帰っていった井崎が最後に見せた表情に引っかかりを覚えたものの、そちらはひとまず置いておくことにした。

「晃太、そろそろ」

「あー、うん。んじゃ邪魔しとくな」

井崎との会話を聞いていたのだろう、仁哉からここ最近聞かなかったはずの声がかかる。

頷いて腰を上げ、いつものように仁哉宅に続くドアに向かいながら、本日も刺すようなバイトの女子大生の視線をこれまで以上に鋭く感じた。

店へと続くドアを背中で閉めて、晃太郎は長い息を吐く。

一週間前、自宅アパート前から移動したファミリーレストランで、仁哉と交わした会話を思い出した。

（だから、晃太にも俺のことを本気で考えてほしい）

……白状すると、あの時の晃太郎は本当に途方に暮れた。それが顔に出ていたのだろう、仁哉は退く気配もなく畳みかけてきたのだ。

（晃太は当分、誰ともつきあう気はないんだよね？　だったらできるだけ、うちの店に顔を出してほしいんだ）

（……できるだけ、？）

（改めて、俺のことを見てもらいたいんだ。親友としてじゃなく、恋人候補としてどうなのか、考えてほしい）

申し出そのものは理解できたものの、正直言って返答に困った。そんな晃太郎を見つめて、仁哉は懇願するように言う。

（もちろん無理強いはしない。泊まりは当然論外として、晃太が厭なら自宅にも来なくていい。——曖昧なまま、今みたいに避けられるのは厭なんだ）

視線を落とした仁哉には気のせいでなく憔悴《しょうすい》した気配があって、気づいたとたんに苦しくなった。

唯一無二の、大事な親友だ。だからこそ、そんな顔は見たくないと思った。

――以来、晃太郎は連日のように仕事上がりの時間を「沙耶」のカウンター席で過ごし、閉店後に仁哉の自宅で夕食を摂っている。

仁哉に返事を急《せ》かす素振りは欠片もない。むしろ、気遣うように苦笑して言うのだ。

(急ぐ必要はないからゆっくり考えて。俺の気が長いの、晃太なら知ってるだろ?)

そのたび、「でも待たせすぎるのはどうなのか」と思ってしまうのだ。真面目に考えてみては、「仁哉を恋人に」という言葉にどうしようもなく違和感を覚えてしまう――。

ふと気配を感じて、唐突に目が覚めた。瞬いた先、ぎょっとするほど近くに仁哉の顔を認めて、勝手に肩が跳ね上がる。

咄嗟に、声が出なかった。固まったまま動けない晃太郎を吐息が触れる距離から見下ろす仁哉は滅多に見せない無表情な顔をしていて、そのせいか別人のように見えてしまう。

「……おい?」

膠着《こうちゃく》した数秒の後、どうにか上がった声が掠れてほぼ吐息に近い。それでも効果はあったようで、ひとつ瞬いた仁哉は我に返ったようにいつもの柔らかい笑みを浮かべた。

「ごめん、起こす気はなかったんだけど……ずいぶん、疲れてるみたいだね」

「――いや、大丈夫。こっちこそ悪かった、どのくらい寝てた?」

「さあ。少なくとも店の仕込みは終わったよ」

さらりと言って、仁哉は軽く晃太郎から距離を取った。そのまま、キッチンへと向かってしまう。

「それ結構長いだろ。ごめんな、寝る気はなかったんだけどさ」

言いながら身を起こして、気づく。どうやら居間のソファで待っているうちに寝入ってしまったらしい。腕時計はそろそろ日付が変わる時刻を差していて、そんな自分についため息が漏れた。

「俺は構わないよ？　ただ、あんまり静かに寝てるから息してるのか気になってね。……お茶かコーヒーでも淹れるけど、どっちにする？」

「ゆっくりしてると終電逃すし、そろそろ帰るよ。仁哉も明日は店だろ？　また昼にでも顔を出すから、話はその時にでも――」

「今からだと終電も無理だよ。明日は仕事も休みなんだし、このまま泊まって行けば？」

キッチンに立ってこちらに背を向けた仁哉が言った瞬間に、空気が固まった気がした。一拍ほどの間合いに続いて、聞き慣れた声が続ける。

「客間の布団、この間干したばかりだから気持ちいいよ？　朝食はこっちに準備するから好きなだけ寝てていいし、気が向いたらいつでも帰っていい」

「……、――」

キッチンに立つ仁哉は、頑《かたく》なまでに振り返ろうとしない。それを見つめて、晃太郎はこの一週間で馴染みとなった胸の奥のざらつきを覚えてしまう。

「これまで通り」を意識しているのだろう仁哉の雰囲気は、あの告白を境に大きく変化した。態度は少しぎこちなくなっただけだし、物言いや声音はほとんど変わらないのに、晃太郎を見る表情や目の色が明らかに違う。初めて仁哉のベッドで一夜を明かしたあの日、豹変したのと同じ――別人かと思うような気配がある。

先ほどのように、晃太郎を見つめる頻度も増えた。かつては互いに笑い合って終わったはずの時間も最近は晃太郎がアクションを起こすまでそのままで、どうにもならない据わりの悪さを覚えてしまう。

……この空気が、いつまで続くのか。晃太郎が承諾したとして、かつてのあの緩い時間は戻ってくるのか。

おそらく、答えは否だ。親友と恋人がまるで違うことを、晃太郎はよく知っている。頷いた時点でまた新しく、今度は恋人としての仁哉との関係を作っていくことになるのだろう。

そして、晃太郎がそれを望むのかと言われたなら、答えはひとつだ。

「なあ。……今のままの関係でいるっていうのは、駄目なのか？」

もそもそと口にした晃太郎の脳裏に浮かんでいたのは、数時間前にダイニングバーで再会した、ずっと年上のかつての恋人の顔だ。前後して、夕食の時の井崎との会話が耳の奥で響いた気がした。

背を向けたままの仁哉の、広い肩がびくりと動く。それでも、言葉は止められなかった。

「おれは、今のままが一番いい。仁哉のことはすごく好きだし、仁哉以上に信頼できる相手はこの先も出てこないと思う。……とても大事な親友だから、今の関係を崩したくないんだ。これまでずっとそうだったみたいに、今後も傍にいて欲しい。だから、その、恋人、とかは」

脳裏によみがえったのは晃太郎が高校を卒業してまもなく離婚した両親のことだ。

他に恋人がいたとかでまもなくそれぞれに再婚した彼らは、晃太郎に離婚報告をした直後に口を揃えて「もう大学生になるんだし、ひとりでも大丈夫だろう」と言った。

（アパートはもう決まってるんだし、卒業までの学費と生活費は予定日に振り込むから。一応連絡先を教えておくから、何かあれば連絡しなさい）

そう言った彼らに、結局晃太郎は一度も連絡を入れていない。先方から来ることもなかったから、大学の卒業式はひとりで出席した。

……それ以前から家庭内別居状態だったから、覚悟はしていた。両親とも晃太郎に興味がないことも察していたから、そんなものだと達観もしてきた。

それができたのは、晃太郎がけして「ひとり」ではなかったからだ。中学の時に出会ってから今に至るまで、傍にいつも仁哉がいたから平気な顔でいられた。我ながら呆れたことに、告白されて仁哉に会えなくなってから初めてそう気がついた。

都合で会えないのでなく、会えるはずなのに会いに行けない。その状況が苦しくて、いつまで続くのかと思うだけで息苦しくなった——。

「どうしても、無理？」

ぽつんと聞こえた声から数秒遅れて、晃太郎はようやく言葉の意味を理解する。息を呑《の》んで、辛うじて声を絞った。

「今日、さ。食べに行ったダイニングバーで、里谷《さとや》さんと出くわしたんだ。仁哉は覚えてるかな、その」

「晃太が以前つきあってた、結構年上の人だよね。一度、店まで来たこともあったよね？」

「あー、あの人、コーヒーが好きだったからさ。仁哉が淹れたの、すごい美味しいって言ってたっけ」

あの時は、仁哉が誉《ほ》められてとても嬉しかったのだ。思い出すだけで頬が緩んで、けれど晃太郎はすぐに表情を引き締める。

「おれ、大抵は相手が別の恋人作って振られるんだけど、里谷さんだけは違ってたんだよな」

就職後間もない晃太郎と、すでに十年以上働いている里谷とはそれなりにうまくいってい た、はずだ。彼は優しく包容力のある文字通りの大人だったし、晃太郎も社会人として尊敬していた。

とても好きだったと、今でも思う。けれどつきあって約半年後、晃太郎は困った顔の里谷から別れ話を持ちかけられた。

(他に相手がいるわけじゃないし、晃太郎のことはとても好きだ。けど、どうしてももう無理でね)

(何ですか、それ。意味がわからない)

唐突に告げられた別れに詳しい説明はなく、だから即座に言い返した。

何度も謝罪した里谷は、けれど最後まで何が無理なのかを口にしなかった。聞きたい晃太郎と言わない里谷とで何度も話し合いを重ねて、……最終的にはどちらも疲れ果ててしまったのだ。

彼の言う「無理」の意味を、未だに晃太郎は知らない。それでも、あれ以降何人かとつきあってみて、うっすら気づいたことがあった。

「何となく思ってたんだよな。おれ、実は恋愛に向いてないんじゃないかって」

「……何それ、どういう意味?」

ゆるりと振り返った仁哉の、無表情に近い顔は怒っているのではなく、困っている時のものだ。晃太郎の言葉が違《たが》えようのない本音だと、ちゃんと気づいてくれている。

「仁哉のこと言えた義理じゃないよな。おれこそ、誰とつきあっても長続きしない。――だから、仁哉とだけは恋人になれない。絶対に、なりたくない」

大石を筆頭に、晃太郎は過去の恋人の誰ともその後のつきあいがない。長く続かない上にすぐに終わるのが当たり前で、それが今さら変わるとも思えない。

間違っても、……仁哉との繋がりを失いたくない。

晃太郎はソファに腰掛けたまま、仁哉はキッチンに立ったまま無言で視線を合わせる。そのまま、どのくらいの時間が過ぎたろうか。先に口を開いたのは、仁哉の方だった。

「……じゃあ、晃太の返事はどうしても無理、ってこと？」

「ごめん」

短く返した晃太郎を、仁哉は唇を結んで見つめてくる。

ここで視線を外しては駄目だと、まっすぐに見返した。先ほどよりも短い沈黙の後、仁哉は小さく息を吐く。

「そっか、わかった」

「うん。――じゃあ、おれはこれで帰……」

「お茶はやめて、一杯やろうか。じいさんの置き土産で、まだ封切ってないのがあるからさ」

「は？」

思いがけなく明るい声で言われて、目を瞠《みは》った。そんな晃太郎にずんずんと寄ってきた仁哉は、おもむろに腰を屈めて視線を合わせてくる。見慣れた、人懐こい笑みで言った。

「俺の失恋記念につきあってくれるよな？　毎回、こっちもつきあってやったんだしさ」

翌朝、晃太郎は仁哉の家の、客間で目を覚ました。

十年近く前から数え切れないほど泊まったこぢんまりとした和室は、短い縁側に面している。何となく気配を感じて枕の上で頭を巡らせると、細く開いていた障子の向こう、晃太郎がわざとカーテンを開けておいた窓の外で雨が降っているのが目に入った。

梅雨のくせになかなか降らないと思っていたら、ようやく——といったところだろうか。ぼんやり考えた後で、ふっと気づく。

「……傘。置いてた、よな」

起き抜けにしては、やけに声が掠れている。首を傾げて、すぐに思い出した。——そういえば、昨夜はかなり遅くまで仁哉と飲んでいたのだ。晃太郎自身は己の酒量を鑑《かんが》みてセーブしていたが、仁哉はかなりの量を手酌《てじゃく》でやっていた、ような。

今日も店は開けるはずだが、大丈夫なのか。ふと浮かんだ疑問に、もぞもぞと起き出した。簡単に着替えて向かったキッチンはしんと静かで、店へと続くドアの向こうの喧噪《けんそう》がやけに大きく聞こえてくる。

アレでちゃんと起きたのかと、心底感心した。直後、テーブルの上に並んだ朝食を目にして晃太郎は瞬く。

見知ったトレイの上に並んでいるのは、「沙耶」のモーニングセット——それも、晃太郎が好むホットサンドの方だ。横には見慣れた文字で「温めて食べて」と書かれたメモが載っている。

「何だそれ。かえって手間だろうに」

この家に泊まった日の朝食は、七時半に開店する「沙耶」で摂るのが常なのだ。そうなるきっかけは簡単で、それでなくとも忙しい時間に手を取らせるんじゃないという、先代マスターの発言だった。

申し訳なさを感じたものの、ひとまず食事にした。相変わらず美味い料理を平らげて後かたづけをしながら、どうしても耳は店の物音を拾ってしまう。

「あいつ、ちゃんと寝たのか？　ほとんど時間なかったろうに。……あー、差し入れでも買っとくか」

この際だとばかりに、出かけることにした。財布だけをジーンズのポケットに押し込み、やはり玄関先にあった自分の傘を開いて、晃太郎は近くの薬局へ向かった。

飲みすぎた時に仁哉が飲んでいるドリンク剤を複数購入したついでに、コンビニエンスストアで目についた雑誌を手に取る。ついでにそれも買って行くことにした。ひっきりなしに続く雨の音を聞きながら、のんびりと仁哉の家に引き返す。

個人的には、一週間続いていた土砂降りがやっと止んだ気分なのだ。とはいえ、飲んでいる時の仁哉との間の空気はまだどこかぎこちなくて、仕方がないことと承知していても引っかかりがある。

「少し時間はかかるかも、な」

小さく息を吐いて、辿りついた家の玄関を合い鍵で開ける。ちなみにコレは仁哉の方から、「好きに出入りしてもらった方が楽だし、持ってて」と渡された。

買ってきたドリンク剤を手にキッチンに入って、気づく。テーブルの傍に、今来た様子の女の子――「沙耶」のバイトの彼女がいた。

「……いきなり押し掛けて来といて、勝手に外出するとか何」

厭そうな彼女のつぶやきは、意識して聞かなかったことにした。それよりも、彼女がテーブルに置いたトレイが気になった。

「これ、あなたの昼食だそうです」

突《つ》っ慳貪《けんどん》に言われて、晃太郎は瞬く。

「は？　店に行くのに、何でわざわざ」

「知りません。トレイや食器もこっちに置いたままでいいって、マスターが」

言い捨てる、という言葉そのものの態度で、店へと続くドアの向こうに消えてしまった。

小柄なその後ろ姿をぽかんと見送って、晃太郎はおもむろに視線をテーブルの上のトレイに戻す。どう見ても、日替わりランチの器だ。

「あー……そういうこと、か」

思わず、ため息がこぼれていた。

朝食も、つまりは同じ理由だ。昨日の今日ということもあって、おそらく晃太郎と顔を合わせづらいのだろう。晃太郎自身も微妙な気分があるのだから、仁哉のそれはもっと切実で大きいに違いない。

「んじゃ、店には顔を出さない方がいい、と。……あー、そういや昨夜、好きに帰っていいって言われたなあ」

椅子《いす》を引いて座り込み、湯気を立てるランチに目を向ける。ついこぼれたつぶやきは、掛け値なしの本音であり不安でもあった。

「大丈夫、だよな？……今まで通りって話だったもんな」

7

酒は好きだが会社関係の飲み会は苦手だ。やたら退屈だし絡まれるしで、時間の無駄としか思えない。

「伊勢え、おまえあんまり飲んでないだろお？　足りないぞお、もっと行けえ」

「あー、すみませんがちょっと調子悪いんで、このくらいで」

「え、何だよそれ、つきあい悪いなー。んじゃもう一杯だけ、な？」

右から先輩に、左から同期に詰め寄られて、晃太郎は内心でこっそりため息をつく。建前として自由参加とされている課内での恒例の飲み会は、現実にはほぼ強制だ。晃太郎も空気を読んで参加するが、さすがに二次会は理由をつけて固辞している。

……はずが、本日は一次会終盤に酔っ払った上司により捕獲された。

大衆的な居酒屋に続いてやってきたカラオケスナックは週末らしくかなり込み合っているようで、一応決まったはずの歌の順番はなかなか回って来ない。ようやく回ってきた順番も、喉の調子が悪いと口実をつけて辞退した。上手《うま》いのか下手なのか、とても微妙な歌を聞くこと二時間ほどで、ようやく二次会はお開きになった。

二次会開始前に降っていた雨は、ありがたいことに止んでいた。三次会への誘いが来る前にと、スマートフォンのアプリを頼りに歩き出す。時刻は二十二時半を回ろうとしていた。

「疲れた、ぞ……」

ただ座って飲み食いしただけなのに、どうしてこんなに疲れるのか。毎度の疑問を持て余しながら、晃太郎は目についた標識の前で足を止める。

自宅に帰る路線の駅に行くなら、右だ。なのに、足は勝手に左側の、「沙耶」の最寄り駅に停まる路線の駅へと向かう。

当初は一次会だけで帰るつもりだったから、昨日の時点で仁哉に「夕食後コーヒーだけ飲みに行く」と伝えていたのだ。カラオケスナックに引き込まれた時点で「やっぱり行けそうにない」というメールを送っておいたがいきなり顔を出すなど日常茶飯事だし、これから行けば明日の仕込みが終わった頃には着くはずだ。

「今日行ったら今週は皆勤かあ」

つぶやいた後でふと先週末のことを思い出す。

先代がいた頃も含めて、あの家でひとりで食事をしたのは仁哉のベッドで目を覚ましたあの朝と、先週末の朝と昼の三度きりだ。けれど先週とその前とでは、間違いなくそうなった意味も理由も違っていた。

最初の時は仁哉自身が、店を抜けてまで食事を運んできた。そして、先週は意図的にバイトの彼女に持たせて寄越した。彼女が晃太郎に対して、好意的ではないと承知の上で、だ。

要するに、避けられたということだ。昼食を終えた頃に確信した晃太郎は、だったら帰った方がいいのかと悩みながらも結局は夕方まで仁哉の家で過ごした。

夕方になってようやく顔を出した仁哉は、晃太郎を見るなり少し驚いた様子を見せた。それに気づかないふりで礼を言い、夕食への誘いはアパートでの家事を理由に断ってから帰途についたのだ。急ぎの家事などなかったけれど、何となくその時はそうした方がいいような気がした。

仁哉からの誘いを、口実を作って断ったのは初めてだ。それが妙に気になって、晃太郎はその翌日から毎日のように仕事帰りに「沙耶」に立ち寄るようになった。

仁哉の態度はいつも通りだ。訪れた晃太郎に柔和な笑みで声をかけ、閉店後には自宅で夕食をともにする。なのに、仁哉と距離が遠い気がして仕方がない。

些細《ささい》な喧嘩は日常茶飯事だし、拗れたこともないわけじゃない。けれど、今回のこれはそれとはまるで違う。だから、どうにも間を空ける気になれない。

「一時的なもんだよ、な？」

つぶやいて、晃太郎はネクタイごと襟を摑む。

きちんと話して「これまで通り」と決めたのだし、何より仁哉は晃太郎にとって一番の理解者だ。大事な親友だと思っているのはお互いさまのはずで、だったら今は無理でも時間さえあればいずれ元通りに戻れるに決まっている。

「うん。今夜は泊めてもらってみるか。ちょい頑張って、いつも通りにして」

仕込みが終わっているようなら、いつものように一緒にお茶でも飲んで過ごそう。先週末は来客予定で泊まれなかったことを思えば、話題に困ることもないはずだ――。

心に決めたちょうどその時、やや遠目に「沙耶」が目に入って「あれ」と思った。

閉店時刻をとうに過ぎた店内に、灯《あか》りが見えたせいだ。仕込みをする時は厨房《ちゅうぼう》の灯りだけを使うが、それならもっと暗く見えるのが常だった。

「何かあったっけ。――貸し切りでも受けたのか？」

イレギュラーな予定が入ったのだとしても、この時刻までということはあり得ない。首を傾げ足を早めた晃太郎は、ある程度近づいた時点で気づく。

やや灯りを落とした中、こちらに背を向ける形でカウンターに近いテーブル席にいるのは仁哉だ。その正面、こちらに満面の笑顔を見せているのは予想外すぎる人物——幸春だったのだ。

「……は？　何で、あいつが」

自分でもどうかと思うほど、混乱した。目に入った彼らのテーブルにはところ狭しと料理が並んでいて、一緒に食事をしていたのはすぐにわかった。

何となく見つかったらまずい気がして、晃太郎はすぐ傍の塀に隠れた。直後、何事か話していた幸春がふと席を立つ。店を出ながらスマートフォンを耳に当てているところからすると、どこからか電話が入ったらしい。

完全に塀に隠れる位置で、晃太郎はその塀に凭れて息を吐く。ブロックが雨で濡れているかもと気づいて慌てて背を離した時、横合いから冷め切った声がした。

「何しに来たんですか？」

ぎょっと目を向けると、いつのまにか幸春がすぐ傍にいた。スマートフォンを持つ手を下ろし、険しい顔で晃太郎を見据えている。

「それはこっちの台詞だ。何でおまえが『沙耶』にいる？　閉店時間はとっくに過ぎてるよな？」

「仁哉先輩から夕飯に誘われたんですけど、何か問題でも？」

「先輩……？」

鼻で笑うように言われて、思わず眉を顰めていた。

仁哉とは中学高校大学と一緒だったから、こんな可愛らしいのがいたら多少は覚えているはずなのだ。

「仁哉が最初に勧めた珈琲店のか。おまえはバイトで入ってたとか？」

会うたびスーツにネクタイ姿の幸春が珈琲店で働いているとは考えづらく、だったら学生時代のことだとしか思えない。

「全っ然、覚えてないんですね。相変わらず目の前しか見えてないっていうか。まあ、そうでもなきゃ連日のこのこ、仁哉先輩に顔見せになんか来られないでしょうけど」

「おれがいつどこで何をしようが、おまえには関係ないだろう。そっちこそ、閉店後まで居座って図々しいとは思わねえのかよ」

鼻で笑うように言われて、即座に反論した。そんな晃太郎を露骨に馬鹿にしたように見上げて、幸春は言う。

「仁哉先輩に誘ってもらったって、さっき言いましたけど？　頭だけじゃなく、耳まで悪いんですね」

「……おまえの名前以前に、存在も聞いた覚えがないが？」

つきあいが長い分、互いの交友関係も何となくは把握している。面識がなくフルネームを知らずとも、話を聞けばうっすらとは思い出せるはずだ。

人当たりがよく見えて、仁哉は近くに寄せる相手を選ぶたちだ。先代から譲られた店や自宅を大事にしているから、いいように利用されようものなら別人のような激しさで拒否をする。

幸春が仁哉にとって閉店後に夕食に誘うほど近い存在だったとするなら――それは、仁哉が意図的に晃太郎に教えなかったことにならないか。

辿りついた結論に思わず店へと目を向けたとたん、幸春が視界を塞《ふさ》ぐように目の前に立った。

「邪魔しないでくれませんか。今日の先約は僕ですし、そもそもあんたは今日は来られないって連絡してきたそうじゃないですか」

「何、……」

「仁哉先輩があんたを優先するのは当たり前だと思ってませんか。そうやって、先輩の気持ちを利用してきたって自覚はありますか？」

鋭く突きつけられた言葉に吐き気がするほどの不快感を覚えて、返す声が唸るように低く落ちた。

「おれと仁哉がどうだろうが、おまえには関係ない。仁哉は確かによくしてくれてるが、それは長年の親友だからで」

「親友は優先されて当然で、先輩の都合を考える必要もない、と。僕だったらそんな親友なんか大金積まれても願い下げですけどね」

「……おい」

細くなった目がかなり剣呑《けんのん》になったのが、鏡を見なくてもはっきりわかった。

「おまえ、何者だ。珈琲屋とは関係ない、んだな？」

「それこそあんたには関係ないでしょう。それよりとっとと帰ってくれませんか。いつまでもこのへんうろつかれると迷惑なんです。そもそもあんなことがあった後で日参するとか、何を考えてるんです？」

「——……あんなことって何だ。仁哉から何を聞いた？」

侮蔑混じりの声音以上に、言われた内容に引っかかりを覚えた。眉根を寄せた晃太郎を、幸春は心底呆れたとでも言うように見下ろしてくる。

「あんたのプライバシーに関わる内容を、先輩が安易に僕に話すとでも？」

「それなら、おまえは何を知ってる？」

心当たりは仁哉の告白と、その前後の事情だ。晃太郎は誰にも話しておらず、当然仁哉もそうだと思っていた。けれど目の前の青年の言い方では知られているとしか思えず、——だったら仁哉以外の誰が話すというのか。

「仁哉先輩も趣味が悪すぎますよね。何でこんな無神経な人がいいんだか……他に、もっといくらでもまともな相手はいるでしょうに」

「もしかして、覗き見でもしてたのか。盗聴器を仕掛けたとか？」

目の前の相手に素直に話す気は皆無と知って、意図的に言い方を変える。仁哉ではないと言うなら、いったいどうやって知ったというのか。

「覗いてたんだったら、即あんたを殴りに行ったでしょうよ。盗聴に関しては論外ですね。そんな手間暇をかけてまであんたの声を聞く趣味もないですし」

ふん、と鼻で息を吐いて、青年はふと真顔になった。

「前から思ってましたけど。親友だからって、何をしてもいいと思ってませんか」

「……それこそ他人が口を挟む筋合いはねえよ。おれと仁哉の間のことだ」

「先輩の気持ちに気づきもしなかったくせに、よく言いますね。断っておいて友人関係を確保して日参するって、ほぼ嫌がらせの域だってわかってます？　大石さんの時から見て思ってましたけど、あんたの対人感覚ちょっとおかしいですよ」

つけつけと言う彼の「おとなしく放っておけない」人物像は、見事なハリボテだったようだ。とはいえここまで饒舌《じょうぜつ》なのは想定外で、晃太郎は先に言わせてみることにした。

「実際んとこ、あんたって全然本気じゃなかったんですよね。大石さんもですけど、その前の人に対しても」

「……ずいぶん立ち入ったことを言うが、根拠はあるのか。説明できるのか？」

「本気で好きな相手だったら、あんな簡単には別れられませんよ。見栄も痩《や》せ我慢もなくあっさり切り替えるあたり、冷静というより事務的でした。挑発してもまるで乗って来なかったですし？」

言われた内容に、晃太郎は顔を顰める。そんなもの人それぞれだと反論したところで、この様子ではおそらく無駄だ。それならと、顎先だけで先を促してみた。

露骨に厭そうな顔をした幸春が、ふと表情を変える。挑発じみた表情を浮かべ、まっすぐに晃太郎を見た。

「あんたは知らないんでしょうけど、結構な噂ですよ。誘えば簡単に落ちるけど絶対本気にならないから、後腐れがなく別れられる。適当に遊んで繋ぎにするにはちょうどいいって」

「……何？」

「あっさり別れてすぐ次を見つけるあたり、間違いじゃないと思いますけど？」

初めて聞く内容に表情を失くした晃太郎を眺めて、幸春は放り出すように言う。

「あんたがどう言われようがどうでもいいことですけど、仁哉先輩の負担を増やされて黙ってる気はないんです。親友なら、ここ最近の先輩がいつもと違ってることは承知してますよね？」

「……――」

「まさか、気づいてなかったとか言います？　僕が見てもわかったのに？……それとも知ってて日参してたわけですか。そうなると嫌がらせの域ですよね」

睨みつけてくる幸春は、大石といる時とは別人のようだ。どういう繋がりかはわからないけれど、本気で仁哉を案じているのは間違いあるまい。

わかるだけになおさら、動けなくなった。

仁哉の雰囲気がぎこちないからこそ、晃太郎は「沙耶」に日参していたのだ。

滅多なことでは崩れない柔和な笑みが強ばるのを、何度となく目にした。困ったような笑みの色がいつもと違うことも、よくわかっていた。

「おまえ、……何で、そこまで仁哉を」

「好きだからに決まってるじゃないですか」

さらりと言ったかと思うと、幸春は見とれるようなきれいな顔で笑う。大石の隣にいた時とはまるで違うその表情に、晃太郎は思わずぽかんとした。

「おまえさ、いつもそうやって笑ってた方がいいんじゃねえの？」

「はあ？」

とたんに幸春が顔を顰める。晃太郎には見慣れたきつい表情に、ひどく残念な心地になった。

「そこまではっきりものが言えるのに、何で猫なんか被《かぶ》ってんだ。言いたいこと言って、今みたいに笑ってるのが一番だろうに」

「余計なお世話です。――話を戻しますけど、あんたには一応、お礼を言っておきますよ。おかげで僕にもチャンスが回ってきそうですし？」

挑発めいた声で言われて、晃太郎は閉口した。

「遅くなったから今夜は泊まっていくようにって、先輩から言われてるんです。いつまでも自分だけが特別だなんて思わない方がいいんじゃないですか？」

勝ち誇ったような顔で言って、幸春は最寄り駅の方角を手で示してみせる。

「どうぞ。お帰りはあちらです」

飲まれたように、踵を返していた。先ほどとは別の意味で重い足をどうにか動かして、晃太郎は来た道を引き返す。

角を曲がる寸前に振り返った時、幸春が「沙耶」の出入り口を入っていくのが遠目にもはっきり見えた。

きっと、仁哉はあの柔和な笑みで迎えるのだろう。晃太郎とそうしてきたように、あの居間でふたりで飲むのかもしれない。

考えただけで、底のない喪失感が襲った。

近いはずの店からの距離を、とてつもなく遠いもののように感じた。

8

夜というのは、こんなに長いものだったろうか。

食べかけの弁当を前に割り箸を転がして、晃太郎はため息をついた。残りを口に入れる気になれず、背中からぱったりと床に転がってしまう。

「……広いな……」

ふとこぼれた言葉に、「あれ」と思う。内覧で初めてこの部屋を見た時の晃太郎の第一声は「狭っ」だったはずだ。

にもかかわらず空き室が滅多に出ないのは、二畳分のロフトに加えて駅から徒歩数分という利便性によるものだろう。キッチンは飾り程度だが、料理をしない単身者には十分だ。

半分が空いているロフトを見上げていると、右側から何かを落としたような鈍い音がした。

案外響くそれは、たぶん隣が何かやらかしたものだ。ころりと横を向いた先にある壁は意外に薄かったようだと、暮らし始めて五年が過ぎる最近になって知った。

……「沙耶」の前で幸春に追い返されて、今日でちょうど十日になる。

あれ以来、晃太郎は朝に出勤し夕にはほぼ定時上がりでまっすぐ帰宅するという生活を送っていた。

以前は外食ばかりだった夕食も、専らコンビニエンスストアの弁当だ。店の種類こそ変えてはいるものの、どこもかしこもつくづく美味しくない。

――だからといって、ひとりで外食する気にもなれない。

小さくため息をついた時、いきなりインターホンが鳴った。

一瞬どきりとして、晃太郎は身を起こす。壁にかかったインターホンを取り上げ、耳を当てて脱力した。

『よう。やっぱりいたな』

「……何か用でも?」

『まあな。顔見せてくれないのか?』

作ったようにしおらしい声で言う井崎に「すぐ出る」と返して、晃太郎は玄関先へと向かった。

どうやら仕事帰りらしく、ドアの外に立つ井崎はスーツにネクタイのままだ。対して、すでに風呂まですませた晃太郎はラフな部屋着に着替えている。

「へえ。なかなか新鮮だな」

じろじろと晃太郎を眺めていた井崎のコメントがそれで、聞いたとたんにさらに力が抜けた。「で? 何の用だ」と口にする声を、我ながらぶっきらぼうだと心底思う。

「相変わらずつれないな。ところでここ最近帰りが早いようだが、仕事の方は落ち着いてるのか？」

首を傾げた後で気づく。晃太郎より後、周囲が暗くなって帰宅すれば、窓明かりで在宅はすぐに知れるはずだ。

「まああかな。それがどうかしたか」

「落ち着いてるなら明日にでも、夕食がてら飲みに行かないかと思ってね」

「あー……あいにくだがそういう気分じゃあ」

「家の中でひとりだとロクなことを考えない。だよな？」

不意打ちの台詞はもろに図星で、晃太郎は思わず顔を顰めてしまう。

日に日に気分が落ちていっているのは、自覚している。現に、以前はどんなに忙しくても無理にでも外食をして、コンビニ弁当だけは買わなかった。

個人的に、大嫌いなのだ。それを連日買って帰って半分以上残しているあたり、かなりまずい状況なのもわかっている。仕事をきちんとこなしているとはいえ、このまま放置するのはどうにもよろしくない。

「友人同士で飲む、という形でいいのなら。詮索《せんさく》は無用だし、例の件はいっさい話題にしないでもらいたいんだが？」

「そこで釘を刺すのか。惜しいな」

わざとらしく落胆顔を作った井崎と、その場で待ち合わせ場所と時間を決めた。「じゃあまた明日の朝な」と言われて、そういえばと気づく。

「どうせ会うんだから、明日の朝に言えばよかっただろうに」

「確実に言質《げんち》を取っておきたかったからな」

いつものにやにや笑いで帰っていく井崎を見送ることなく、ドアを閉めて奥へと引き返す。

ローテーブルの上の弁当箱を中身ごと片づけてしまうと、他にすることがなくなった。

ほとんど寝に帰るだけの部屋だったから、テレビも置いていないのだ。ラジオや音楽なら聴けるが、そういう気分でもない。

「暇だな。……寝るか」

時刻はまだ早いが、ここ最近は布団に入っても数時間は眠れないのだから同じことだ。横になって目を閉じているだけでも神経は休まるはずと、晃太郎は寝支度をすませて布団に入る。強引に、瞼を落とした。


翌日の夜、井崎に案内されたのは前回、前々回とも違う大衆的な居酒屋だった。

わざわざ予約していたらしく、個室風に仕切った席に案内される。周囲の声は丸聞こえだが、かえってざわめきとしか届かない。よほどの大声を出さない限り、聞かれる心配もなさそうだ。

「……ここ、よく来るのか？」

「それなりに。雰囲気も料理も悪くないんでね」

オーダーをすませた井崎によると、店を選ぶ基準はまず料理、次に雰囲気なのだそうだ。どうせなら気持ちよく飲み食いしたいと言われて、そこは大いに同意しておいた。

「こないだ聞いたぞ。最近、全然バーに顔出してないんだって？」

「行ってないな。この先も、たぶん当分はない」

「そりゃまた……ナルミさんから訊かれたぞ？　おまえはいつ来るのかってさ」

「は？　何でナルミさんがおまえに？」

あのバーで古顔に当たるナルミだが、話しかける相手は選んでいるようなのだ。晃太郎の知る限り、井崎との接点はなかった。

胡乱に目をやった晃太郎に、井崎は肩を竦めて返してきた。

「初めて声をかけられたよ。前回のあれきりおまえを見ないんで気がかりだったらしい」

「って、でもあの騒ぎの時、ナルミさんはいなかったよな？」

「たぶん、誰かから聞いたんだろ。で、あの時おまえは言ってるわけだ。連中との決着つける時は俺に立ち会わせるって」

「……あ」

そういえばと思い出したものの、あの時のことをずいぶん遠く感じた。ビールに口をつけた晃太郎を眺めて、井崎は笑う。

「ずいぶん心配されてたぞ。あと、次の相手はもう捜してるのかどうかも訊かれた」

「今度会ったらあの件は決着したと言っておいてくれ。あと、次の相手がどうこうも保留ってことで」

「それはもう言っておいた。俺が立候補中だってさ」

「は？　正気かよ、物好きな」

「趣味はいいと自負してるんだが？　もうひとつ、面白いことにあのちっこいのの評価が見事に真っ二つに割れてた」

さらりと言われて「誰の話だ」と思った。数秒後、幸春のことだと気づいて苦い気分になる。

「次にバーに行く予定は未定、ってことだな。そういや、今度会った時は慰謝料に一杯奢るってナルミさんが言ってたぞ」

「……何でナルミさんが慰謝料出すんだよ。場を荒らしたのはおれだろ」

「その場にいたら割って入ったのに、だってさ。せっかくの好意だし、受け取っておいたらどうだ？」

笑いながら言う井崎は、けれどそれ以上突っ込んでくる気はないようだ。匙《さじ》加減と言うのか、どこまで踏み込むかの見極めは見事なもので、営業の稼ぎ手を自称するのも道理だと納得した。

「ところでほとんど食べていないが、具合がよくないのか？」

かと思えば不意打ちでこう来るあたり、さすがと言うべきか。軽く首を縮めて、晃太郎は言う。

「ちょっと胃をやられたらしい。個人的にバタついてたからな」

「仕事以外で？」

「さあ、どうだったか」

辛うじて、返事に詰まることなく言い返した。何気ないふりで再びグラスに口をつけると、横合いから取り皿を押しつけられる。見れば、料理がほんの少しずつ取り分けられていた。

「飲むつもりなら、そのくらいは食べた方がいい。でないと悪酔いするぞ」

「あー……うん、わかった」

まったく気は進まないが、言ったところで聞き入れはなさそうだ。井崎の表情で察して、晃太郎は皿を手前に引き寄せる。

比較的まともな味だとは思うが、食欲はまるでない。胃が小さくなっているようだと冷静に判断しながら箸をつけていると、横でそれを見ていた井崎が顔を顰めた。

「おまえ、ここ最近まともに食べてないんじゃないのか。顔色、ひどいぞ」

「食べてるよ。……コンビニ弁当だけどな」

「それ、前に大嫌いだって言ってなかったか」

「今も嫌いだが？」

即答した晃太郎に、井崎は露骨に呆れ顔をする。

「嫌いなものを、何でわざわざ食べるんだ。外食するか、弁当にしてもスーパーとかで好きなものを買えばいいだろうに」

「外食は面倒だし、スーパーよりコンビニの方が近いだろ。嫌いでもそれなりには食べてるしな」

顔を顰めた井崎から視線を逸《そ》らして、晃太郎は自分でも屁理屈を捏《こ》ねていると実感する。コンビニエンスストアは論外として、いわゆるスーパーの弁当も好きではないのだ。そのくせ自分では料理をしない晃太郎のこれまでの食生活は、恋人との外食と「沙耶」の食事とで成り立っていた。

朝食はいわゆるゼリー飲料を寝起きに流し込むだけで、昼食は同僚と食べに行く。恋人と会う時は食事とホテルがセットで、それがない日は「沙耶」へ行き閉店後に仁哉と夕食を摂る。どちらのパターンであっても週末や祝日前にはそのまま泊まりになることが多く、結果として晃太郎がひとりで食事をする機会はほとんどなかった。

これまでは当たり前くらいにしか思っていなかったその状況は、どうやら仁哉の気遣いによるものだったようだ。何しろほんの十日「沙耶」から離れただけで、食生活がこうも大打撃を受けている。

「なあ。……おれって、簡単につきあえて簡単に別れられる奴だって噂されてるのか？　で、おまえがおれに声かけてきたのって、それが理由だったりするのか」

言った後で、もっとオブラートにくるむべきだったかと思った。

珍しく目をまん丸にした井崎が、まじまじとこちらを見ていたからだ。視線を合わせているのも気まずくて、晃太郎はふいと横を向く。

……思い出すのは、井崎から誘われた時の違和感だ。あの時、晃太郎はごく素直に、「どうしてこんな男が声をかけてくるのか」と思った。

「そう来るか。ってよりそんなもん、よく面と向かって本人に訊くよな」

心底愉《たの》しげな顔で言われて、言うんじゃなかったとつくづく後悔する。今後はきっと間違いなく、このネタでさんざんにからかわれるに違いない。

「まあ、全然考えなかったとは言わない」

ふと表情を改めて、井崎が言う。この男には珍しい真面目な顔で、まっすぐにこちらを見つめてきた。

「けど、それだけだったらもっと早く声をかけてただろうな。……ちなみに、今は全然ないぞ。昨夜おまえと顔を合わせた時に、認識を改めたんでね」

「は？　何だその認識を改めたって」

否定しないということは、噂自体は事実なわけだ。うんざりした気分になったのもつかの間で、晃太郎は胡乱に井崎を見た。

「本気で追いかけることにした。――単に突っ張ってるだけかと思ってたが、おまえ案外中身が可愛いよな」

「……何だそれ。相手間違えてないか？」

「間違いなくおまえの話だ。ってことで、意向が固まるまで悠長に待つ気はなくなった。本気で奪《と》りに行くからな。有効だと思えば弱みにもつけ込むからそのつもりでいろ」

堂々と宣言されて、目眩《めまい》がした。

「遠慮する。今はそれどころじゃない」

「知ってる。けど、だからってこっちが手控える義理はないよな？」

「悪役がよ」

「望むところだ」

いかにも平然と返されて、何やらどっと疲れた。いったいどこまで本気かとじろじろ見返していると、井崎は思い出したように言う。

「で？　おまえはその噂を誰から聞いたんだ。今になって言うところからすると、ずっと知らなかったんだろ？」

「……誰だろうが関係ないだろ。噂ってことは不特定多数が知ってるわけだし」

ため息混じりに言った晃太郎が皿の上の料理を持て余し気味に箸でつついていると、井崎はひとり納得したように頷く。

「例の、ユキハルっていうちっこいのか。ってことはどっかで会ったんだな？　まあ、アレもやたらおまえを気にしてるからなあ」

「気にしてるんじゃなく嫌ってるんだ。はっきりそう言え、紛らわしい」

「まあ確かにそう見えるか。——でだ、噂に関しては否定しないが、言ってるのはごく一部だぞ。そういう意図でおまえを狙《ねら》ってるのもいるにはいるが、大半は同情されてるな。さっぱりしてて感じもいいのに何であああも相手に恵まれないのか、ってさ」

「……まったく慰めになってない」

手に取った焼き鳥の串《くし》の先、やや大きめの肉を口にしたものの、先端の一個を食べたきり放置していたそれはすっかり冷えて、表面では油が固まっていた。

あの噂は、立派に蔓延《まんえん》しているわけだ。ナルミには申し訳ないとは思うが、それこそ行きたくなくなった。

冷えた焼き鳥をもそもそ咀嚼《そしゃく》していると、聞き覚えのある電子音が鳴った。デフォルトのではなく、ネットで見つけてダウンロードしたものだ。

井崎に一言断って、晃太郎は傍に置いていた上着のポケットを探る。取り出したスマートフォンに表示されていたメール着信を目にして、固まった。

「メールか。もしかして、もしかしなくても親友くんからか？」

見せてもいないのになぜわかる、と内心で突っ込みながら、晃太郎は画面に指を滑らせる。数秒の逡巡の後で、思い切ってメールを開いた。

9

晃太郎《こうたろう》が珈琲店《コーヒーてん》「沙耶《さや》」の最寄り駅に着いたのは、ちょうど二十時を回った頃だった。

飲食店の看板やネオンサインが賑《にぎ》やかな通りを横目に、いつもの道を歩き出す。ほんの一週間前まで毎日のように見ていたはずの風景を、やけに懐かしく感じた。

駅から「沙耶」までは、のんびり歩いても十五分ほどで着く。見知った建物が目に入ったのはすぐで、その場で足が止まっていた。

仁哉《ひろや》からのメールはごく短く、「夕飯がまだならうちにおいで」というものだ。馴染《なじ》みなようでほぼ初めての書き方に戸惑ったのか、最後に「もう食事が終わってるならコーヒーだけでも飲みにどうぞ」とあった。

要するに、何か用があって呼んでいるわけだ。ぴんと来たものの本当に行ってもいいのかとしばらく迷った。

……あの日、幸春《ゆきはる》から言われたことを未だに整理できずにいたからだ。それでも、ここで断ったら二度と「沙耶」に来られなくなる気がして、結局は応じることに決めた。

（勝手を言って申し訳ない。次はこっちから誘うよ）

（嬉しいが、それより俺も一緒に行きたいね）

手短に断りを入れた晃太郎に、井崎《いざき》は平然とそう言った。即座に却下したせいか「仕方がないか」と殊勝な素振りを見せたが、かえって胡乱《うろん》に思えて晃太郎の方から念を入れておいた。

（一応言っておくが、勝手について来るなよ。どうしてもと言うなら止めないが、これからだと閉店時刻を過ぎるから無駄足になるぞ）

（そこはアレだろ、おまえの友人枠で）

（互いに自己紹介もしていない状況で、いきなり自宅にまで押し掛けると？）

呆《あき》れ顔で言ってやって、ようやく井崎も諦《あきら》めた。会計を終え最寄り駅で別れて、晃太郎は電車に乗ったのだ。

今年は空梅雨だとニュースで聞いたが、実際に雨が降る頻度は低い。今朝には降っていた小雨も昼過ぎには止んで、見上げた夜空にはいくつかの星が見えていた。

「……あ、そういやおれ、返信」

唐突に思い出して、スマートフォンを引っ張り出す。「今、向かってる。じきに着く」と打ち込んで送信し、短く息を吐いた。上着のポケットの中のキーホルダーを無意識に握り込んでいると、間を置かず返信が届く。内容は短く、「店の方から入って。鍵空いてる」だ。

こちらも初めての内容に瞬《しばた》いた時、「沙耶」の出入り口が開いた。顔を出したのはもちろん仁哉で、周囲を見回し晃太郎に気づくとすぐに手を振ってくる。

急に、泣きたいような気持ちになった。それを強引に押し潰《つぶ》して、晃太郎は早足で親友に近づく。

「お疲れさま。入って？」

「うん。……急にごめん」

「何言ってんだか。呼んだのは俺だよ？」

くすくすと笑う仁哉に曖昧《あいまい》な笑みを返しながら、晃太郎はひどく緊張していた。

仁哉の笑みが、いつもと同じに見えて全然違うとわかったからだ。声音にも表情にも微妙なぎこちなさがある上に、不自然なくらい視線が合わない。案内された場所がいつものカウンター席でなく窓際のテーブル席だということにも引っかかりを覚えた。

「晃太、まともに食べてないだろ」

上着を脱いで席につくなり、立ったままの仁哉にじいっと見下ろされる。今さらごまかせるわけもなく、晃太郎は首を縮めた。

「ごめん、でも悩ませたのは俺だよね。そうは言っても食べなきゃ駄目だよ。仕事もあるんだしさ」

「わかってる、つもりなんだが……食欲がなくて、だな」

下手な言い訳をする子どものようだと気づいて、何ともいたたまれない気分になった。

「ところで今日の夕食は？　ちゃんと食べてきた？」

「あー……まあ、それなりに」

「それ、ほとんど食べてないってことだよね。ちょっと待ってて」

言うなり、仁哉はカウンター横にかかっていたエプロンを手にキッチンに入った。間を置かず、器具を扱っている音や冷蔵庫を開閉する音が聞こえてくる。

「お、おい。いいぞ、別に今、作らなくても。適当に何か買って帰るから」

「もう支度始めちゃったよ。今日帰りに行ったところでスーパーのお弁当なんかまず残ってないと思うよ？」

当然とばかりに言う間に、仁哉は準備を終えてしまったらしい。じきに、トレイを手にこちらに戻ってきた。

「簡単なもので悪いけど、まず食べて。急がなくていいからゆっくりどうぞ」

「う、……ありがとう。いただきます」

「甘えすぎ」という幸春の言葉が、脳裏に浮かぶ。それでも、困ったような笑みで見つめられては礼を言ってスプーンを取る以外に思いつけなかった。

仁哉が出してくれたのは、先日も食べたチャーハンとスープだ。とはいえチャーハンの具材が違い、スープも以前はトマトベース、今日はコンソメと別の味になっていた。

久しぶりの仁哉の料理は懐かしくて、この上なく美味《おい》しかった。

晃太郎が初めて食べた仁哉の料理は、高校の時の遠足での弁当だ。親に言われるままコンビニ弁当を持参していた晃太郎は、けれどその時点ですでに毎日の食事に辟易《へきえき》していた。

何しろ、小学校の高学年から夕食はいつも親が買ってきたコンビニ弁当だったのだ。他のものがいいと何度訴えても聞き入れはなく、自分で買いに行くと申し出たのも流され続けて、その頃にはすでに「腹が減っても食べたくない時は食べない」のがふつうになっていた。

遠足の時が、まさにそれだったのだ。白いビニール袋を見たまま動かなかった晃太郎に、仁哉は思いついたように言ってきた。

(晃太の弁当と俺の、交換してくれない？　実は外で買った弁当とかほとんど食べたことなくて、ちょっと興味あるんだよね)

(いいけど、物好きだなあ)

気のない素振りで返しながら、内心で期待していたのは事実だ。手作り感満載の弁当を物珍しく眺めてから箸《はし》をつけて、こんなに美味しいものがあるのかと感動したのだ。

美味《うま》い美味いと唸《うな》りながら平らげる晃太郎に、仁哉は気恥ずかしそうに礼を言ってきた。

(ありがとう。それ、俺が作ったんだ)

(え、まじで？)

（うん。祖父が珈琲店やってて、長期の休みには手伝いに行ってるんだけど、そこで教えてもらって）

――今にして思えば、仁哉のあの言葉は気遣いだったに違いない。そうして思い返してみれば、考えていた以上に晃太郎は仁哉に助けられていた。それがいつか当たり前になって、甘えきって寄りかかっていた。どこかでそれを知っていたからこそ、幸春のあの言葉が痛かったのだ。

「ご馳走《ちそう》さま、美味しかった。その、いつもありがとう」

「どういたしまして。けど、ちゃんと食べないと駄目だよ。ひとりでの食事が苦手なのはわかるけど」

食器を片づけながら、仁哉がふと黙る。首を傾《かし》げた晃太郎を見つめ、少し躊躇《ためら》いがちに言った。

「一緒に食べる人、は？　新しい恋人、まだ作ってないのか？」

「……当分、その気はないって言ったよな？」

自分でも驚くほど、情けない声になった。幸春とのあの会話以上にダメージが大きくて、晃太郎は視線を落としてしまう。

「ごめん、……俺が悪かった。その、もう二度と言わないから、最後にもう一度だけ訊《き》いていいかな。やっぱり、俺だと無理？」

「ひろ、……」

色のない、張りつめた表情で見つめられて、晃太郎はひとつ息を呑《の》む。

「無理、だっておれ、何度も」

「うん、ごめん。……コーヒー淹《い》れてくるから、待ってて」

無理矢理のように笑って、仁哉が席を立つ。それを、全身を削《そ》がれたような思いで見送りながら、何か取り返しのつかないことをしたような気がした。

今、何か言わなければ。そう思うのに、肝心の「何を」言うべきかが摑《つか》めない。必死で探ってみても思考は空回りするばかりで、浮かんでくるどれもこれも「違う」ことだけがわかった。

「幸春から聞いたよ。この間、店の前で追い返されたんだって？」

「……え？」

唐突な声にはっと顔を上げた後で、仁哉がカウンターの中から出てきていたことに気がついた。

予想外の話題に、思考までもが吹っ飛んだ。腰を上げて、晃太郎は仁哉を見る。

「そういや仁哉、どこであいつと知り合ったんだ？　おれのことも知ってたみたいだけど、どういう」

「大学の後輩だよ。晃太もよく知ってるだろ」

「はあ……？　いや、それはないだろ。あんなのがいたら絶対、忘れるわけが」

「晃太は幽霊部員に近かったけど、何度か話したこともあるはずだよ。いつもサークルの部室の隅っこにいて、目元半分を前髪で隠してた二学年下の」

そこまで聞いてふっと記憶がよみがえったものの、今度は別の意味で眉《まゆ》を寄せていた。

「いや待て、嘘だろ。西山《にしやま》って言ったっけ、あいつは幸春とは全然違う――」

晃太郎が覚えているのは、長すぎる前髪のせいで人相が、ろくに口を開かないせいで性格が不明の、置物みたいに存在感の薄い――世に言う根暗そうな青年だ。

同世代の中では小柄な方で、ろくに自己主張しないせいで周囲から侮《あなど》られていた。傍目《はため》にもいいように使われているのが気になって、何度かは割って入った覚えがある、けれども。

「それと同一人物だよ。フルネームが西山幸春」

「マジか。……って、いったい何がどうしてアレがああなった？」

入学、卒業、成人、就職。そうした機会にがらりと印象を変える人間は珍しくないが、いくら何でも違いすぎだ。そもそも、同世代に言い返すことすらしなかったはずの後輩が、どうしてああも好戦的になったのか。

「いろいろ理由とか事情があるみたいだよ。印象が違うのは目元を出したせいで、実はそれ以外はさほど変わってないしね。今度会った時に目元を隠して見せてもらったらどうかな、すぐわかるから」

「いや、それ無理だろ。それにしても、極端な……理由とか事情って何なんだよ」

「そこは本人に直接訊いて。さすがに勝手には話せないしね」

晃太郎がそれを知る日は、おそらく来ないということか。納得して、晃太郎は改めて仁哉を見た。

「いつから店に出入りしてた？　おれ、一度も鉢合わせてないんだが」

「在学中から常連だし、頻度はそこそこかな。晃太とは何度かニアミスがあったけど、ぎりぎりで顔は合わせてない。——ごめん、晃太には言わないってことも含めて本人からの要望だったんだ」

「……大学ん時、おれ、あいつに何かやったか？」

自分で心当たりがなくても、やらかしている可能性がないとは言えない。気になって訊いてみても、仁哉は困ったように笑うだけだ。

「やったやらないとは関係なく、幸春の個人的な見栄とか意地の類《たぐい》じゃないかな。嫌ってるわけじゃないと思うけど」

「いや、アレはどう見ても嫌ってるだろ」

長いため息をついた、その後でようやく思い当たった。

仁哉はあの夜、幸春が晃太郎と会ったことを——晃太郎が追い返されたことも知っていたのだ。

顔を上げた晃太郎を、傍《そば》に立ったままの仁哉が見下ろしてくる。柔和な顔には、見慣れた困ったような笑みがあるだけだ。

「およその話は聞いたよ。一方的に罵倒《ばとう》して、出入り禁止を言い渡したって」

「出入り禁止って、ああ……」

言われてみれば確かに、あれがあったからこそ「沙耶」には近づけなくなったのだ。結果、仁哉と会うのも十日振りになった。いや、あの夜はこちらが一方的に見ていただけで、仁哉と会ったとはいえないが……。

ゆっくり回っていた思考が、ふいに停止する。瞬いた晃太郎を、仁哉はあのまっすぐな視線でじっと見つめていた。

――つまり、仁哉は何もかもを承知の上で、何もしなかった、ということだ。

混乱のせいで失念していたが、思い返してみればこの十日間、仁哉からはいっさい連絡がなかった。

日参していたのが唐突に行かなくなったにもかかわらず。晃太郎に恋人がいた頃でも、二日に一度は生存確認のようなメールが届いていた、のに。

「しばらく間を置いた方がいいと思ったんだ。晃太にとっても、……俺にとっても」

静かな口調で言いながら、仁哉はトレイの上のカップを晃太郎の前と、その向かいに置く。おもむろに、向かいの椅子《いす》に腰を下ろした。

同じテーブルにつくのはいつものことなのに、どうしてか違和感が消えない。むしろ、風船のように膨らんでいく。

今はもっと大事な話がある、はずなのに。一音一音を噛《か》みしめるように考えて、晃太郎はどうにか口を開く。

「間を置くって、どういう……?」

「俺も、晃太もお互いきつかっただろ? そもそものきっかけを作ったのはこっちだから、俺に関しては自業自得なんだけど」

いったん言葉を切って、仁哉はカップを手にする。香りだけを吸って、ゆっくりとソーサーに戻した。

「割り切ろうと頑張ってみたんだけど、どうやってもうまくいかないんだ。それが顔や態度に出てて、だから晃太が来るたび居心地悪そうにしてるのにも気づいてた。幸春に至っては、早々に全部バレたしね」

「……は? 幸春って、そういやあいつ全部知ってるみたいなこと言ってたけど。どういう」

知らず、追及する声が強くなった。そんな晃太郎に首を竦《すく》めてみせて、仁哉は言う。

「俺を見てたらわかったってさ。晃太と何かあったんだろうって、いきなり訊かれた」

「いや、だから何でそんな……端《はた》から見てるだけでわかるようなことじゃないだろ」

「幸春なら知ってるよ。俺が、ずっと晃太を好きだったってこと」

「――……」

予想外すぎて言葉を失《な》くした晃太郎に苦笑して、仁哉は言う。

「大学の卒業間際に、幸春からは告白されてるんだ。返事はいらないから、ただ知っててほしいって」

「ただ知っててほしい……」

(お礼を言っておきますよ。おかげで僕にもチャンスが回ってきそうですし？)

(いつまでも自分だけが特別だなんて思わない方がいいんじゃないですか？)

耳の奥でよみがえった幸春の声に、胸の奥がざわっとした。眉を寄せた晃太郎をどう思ってか、仁哉は苦く笑う。

「晃太しか見てないのは知ってるけど、卒業前に伝えるだけ伝えておきたかったって言われた。――ところで晃太は別口で幸春とは知り合いだったみたいだけど？」

「行きつけのバーでの、顔見知りってだけだ。そのへんも聞いてるんだろ？」

「勝手に動いた以上、説明責任は果たすって、およそのことは。バーで初めて晃太を見た時は、驚きすぎてそのまま帰ったって言ってたよ」

バーで晃太郎を、「沙耶《こじ》」で仁哉を見ていて、ほぼ同時に様子が変わったことを指摘されたという。簡単にああも拗れるわけがない、何かあったんだろうとひどく冷静に、淡々と訊かれたのだそうだ。

「俺はずっと黙ってたんだけど、――案外よく見てるっていうか、ほとんど図星だったよ。それこそ、返事をする意味がないってくらい」

それほどまでにわかりやすく、仁哉の様子が違っていたということだ。心当たりはありすぎるほどあって、晃太郎は胸が苦しくなる。

晃太郎にも、わかってはいたのだ。けれど下手に触れると取り返しのつかないことになりそうで、だから気づかないフリでここに通い詰めた。

そうすることで、さらに仁哉が追いつめられるとは思いもせずに。

「ごめんな。……毎度のことだけど、おれの考えが足りてなかった」

「謝らなくていいよ。俺が、ちゃんと自分で判断できなかっただけだ。……ただ、このままだといろいろ難しいんじゃないかと思ってさ」

だから晃太郎を呼んだのだと、仁哉は苦笑混じりに続けた。

「どうしようか迷ってたけど、さっき晃太を見た時に決めた。当分の間、お互いに距離を置いた方がいい」

「……――」

痺《しび》れたように、思考が動かなくなった。それでも、辛《かろ》うじて言葉を押し出す。

「つまり、しばらく会わないってことか」

「それは無理かな。ちょっと会わないうちにそんなになってるようじゃあ、気になって放っておけるわけがない」

さらりと返す仁哉の表情で、食事の件だとすぐにわかった。それならどうするのかと眉を寄せていると、仁哉は困ったように笑って言う。

「けど、今まで通りにするのも無理だと思うんだ。だから、……いったん親友をやめてただの友達に戻ろう？」

つまり、簡単に言えばこういうことだ。これまでと同じつきあいを続けるのは互いにとって負担だから、物理的にも精神的にも距離を取る、という。

「ひとまず、家の合い鍵を返してもらっていいかな」

告げられた言葉に、つい傍に置いた上着のポケットごと、中にあるキーホルダーを押さえていた。同時に、今日に限って家ではなく店で話している理由に思い当たった。

「おれはもう、家には入れないってことか」

「ひとまずって言ったろ？」

そう言う仁哉の笑みはぎこちなく、見ているだけで息苦しくなった。

「お互いに気持ちの整理がついて落ち着いて、元に戻ったと思えたら、その時には必ずまた渡すよ。……預けたままにしておくことも考えたんだけど、どうしても無理みたいだ」

「つまり、本格的に出入り禁止ってことだな」

「だから、それはないって。晃太がフリーの間は毎日夕飯を準備するから、仕事上がりに食

べに来るといいよ。もちろん、不都合があれば断ってくれていい」

「いや、でもさっき物理的に距離を置くって」

当然のように言われて、かえって混乱した。そんな晃太郎を見つめて、仁哉は言う。

「晃太とのつきあいを切るつもりはないよ。ただ家には入れないし、あのカウンター席を使うのもなしになる」

「カウンター席、も？」

「俺は、晃太への気持ちを忘れる。そのための努力をするつもりでいる」

静かな声で、淡々と告げる。その声を、どうしてか鋭い刃のように感じた。胸の奥でわだかまる何かを感じて、けれどそれがどうしても言葉になってくれない。

「だから、晃太も忘れてほしい。次の恋人が見つかって一緒に食事できるようになったら、無理にここして来る必要もない」

「だから、おれは当分そういうのは」

「遠慮はいらないよ。――俺も、誰かいい人を捜すつもりだから」

びくりと顔を上げるなり、まともに視線がぶつかった。まっすぐに晃太郎を見つめて、仁哉はやけに優しく笑う。

「その方が早く、確実に親友同士に戻れるんじゃないかな。失恋を忘れるには、次の恋愛をするのが一番だって言うだろ？」

10

「なあ。おれってやっぱり無神経なのかな」

ぽつりと言った晃太郎に、向かいの席で食後のコーヒーを飲んでいた同僚は目を丸くした。

ぱちぱちと瞬いた後で、にやりと笑って言う。

「伊勢《いせ》が無神経なら、オレは軟体動物だな」

「……何だそれ、意味不明なんだけど」

苦笑いをして、晃太郎はいったん転がしていた箸を持ち直す。食欲はないが、食べないわけにはいかない。

「ところで今日は何か予定ある？　飲みに行きたいんだが」

「先約があるから……って、どうしたよ、伊勢。ここんとこ変だぞ？」

「そっか。んじゃいいや」

「いや、まあ今日は無理だけどさ。伊勢、おまえ絶対、何かあったろ。急に痩《や》せるわ飲みに誘ってくるわ……早すぎる夏バテかと思ってたんだが、もしかして長年の彼女と喧嘩《けんか》でもした？」

やけに真面目に尋ねられて、どういう意味だと顔を顰《しか》めた。最後の一口を無理矢理口に押し込んで、晃太郎は手を上げる。やってきた店員に、食後のコーヒーを頼んだ。

「存在しないもんとどうやって喧嘩するんだ。もとい、何でそうなる」

「何でって、ここ最近暇そうだし？」

わざわざ指折り数えて言う同僚とはかれこれ五年以上のつきあいだが、いったい今までどう思われていたのか。その疑念に答えるように、彼は続ける。

「前は仕事上がったらとっとと帰ってて、飲みなんかつきあいでしか行かなかったろ？　それが、昼休みもぼうっとしてることが増えてきたよな」

「あー……なるほどね」

「そう。で？　具体的に何があった？」

興味津々に訊かれて、晃太郎はにっこり笑ってやる。

「内緒。プライベートなんでね」

「えー。やっぱりか。伊勢、そのへんのガードきついよなあ」

ぼやきはしても追及しないのが、この同僚のつきあいやすいところだ。実感しながらコーヒーを飲み終えて、晃太郎は伝票を手に席を立つ。

——言われてみれば、その通りだ。大石《おおいし》と別れるまで、晃太郎の日常はそれなりに忙しく充実していた。恋人がいれば会いに行き、いなければあのバーに通い、そのどちらの用もない時は「沙耶」に入り浸っていた。

今は、少し違う。恋人はいないし、作る気にもなれない。大石や幸春と鉢合わせるかと思えばバーに行くのも面倒だ。かと言って、ひとりで遊びに行く気もしない。

仕事が終わったらまっすぐに「沙耶」へ足を向けるのが、ここ最近の常だ。大学時代を入れれば十年足らず、数え切れないほど通った道を辿《たど》って、設《しつら》えも色も覚えた入り口扉を押して中に入る。

「いらっしゃいませ……あ」

席の半分以上が埋まった中、声をかけてきたのはバイトの彼女だ。晃太郎を見るなり複雑な顔をして、窓際の二人席へと促す。礼を言った晃太郎に会釈らしきものを見せ、オーダーを訊くことなく離れていった。

小柄なその背中を眺めて、ずいぶん態度が変わったものだと感心した。二人掛けだけあって小さめのテーブルに肘《ひじ》をついて、晃太郎は店内を眺めてみる。

仁哉と話し合った一昨々日《さきおととい》から、晃太郎の指定席はここになった。入り口からほど遠く、しかし店の最奥《さいおう》まではいかない。カウンターにはほど近いものの、話しかけるには距離がありすぎた。

忙しい時間帯だからだろう、晃太郎がやってきた時に目線だけ寄越してきた仁哉は、カウンターの奥で奮闘中だ。その手前、十に足りないカウンター席の、一番端が撤去されているのがやけに目についた。

仁哉が、自分で外したのか。それとも、他の誰かに頼んだのか。晃太郎は知らないし、わざわざ訊いてみようとも思わない。

……今、カウンター席のひとつに腰掛けて、しきりに仁哉に話しかけている青年——幸春は、知っているのかもしれないが。

今日も仕事帰りに寄ったらしく、細身のスーツにネクタイ姿の彼は、男としてはやや小柄ながらしっかりと伸びた背すじが印象的だ。仁哉が何か言ったようで、頬《ほお》を赤らめ楽しげな笑みを浮かべていた。

当然ながら、彼は一向に晃太郎の方を見ない。当初は気づかないんだろうと思っていたが、昨日、一昨日《おととい》と続いて確信した。どうやら意図的に見ないことにしているらしい。

「お待たせしました。……えと、ごはんは昨日より多めだけど、通常の量なのでお残しは禁止、ってマスターが」

「ありがとう。ところでカウンターのスーツの彼……幸春だっけ、このところ毎日見るけどよく来るのか?」

「毎日来るようになったのはここ最近ですけど、結構昔からの常連さんだって聞いてます。前は、十日とか間が空くことも珍しくなかったんですけど」

首を傾げて答えてから、彼女は「あ」と口を押さえた。

「気にしなくていいよ。おれも一応、知り合いだし、常連だってことは仁哉からも聞いてる。

ただ、おれ本人はかなり嫌われててね」

「そ、なんですか」

口元を押さえたまま、彼女はじっと晃太郎を見下ろす。眉根を寄せる様子に身構えた晃太郎だったが、ひょいと屈《かが》んだ彼女に顔を寄せられてぎょっとした。

「えっと、その。……マスターと、何かあったんですか？」

「あー……まあ、見ての通り？」

「何ですかそれ、わけわかんない。もー」

ぷっと頰を膨らませたかと思うと、彼女は踵《きびす》を返す。そのくせ、背中越しに「ごゆっくりどうぞ」と初めての言葉をかけてきた。

箸を手に取りながら、晃太郎は「それはそうだろう」と思う。

彼女からすれば、唐突に日参を始めた晃太郎がふいに来なくなった数日後、また姿を見せたと思ったら店での扱いがまるで違っているのだ。オーダーするまでもなく運ばれてくる夕食はメニューにない特別製で、なのにそれ以外では露骨に仁哉との距離を取って、ろくに会話する機会もない。

「わけわかんない、か」

通常の量だというご飯は、晃太郎基準ではまだやや多い。しかし宣言された以上、残すわけにもゆくまい。

仁哉が作った食事でも、ひとりで食べるのはどうにも味気ない。そう思い、この性分はどうにかならないのかと、今さらなため息をつく。

人の記憶は五感によって思い起こされるという。古い歌を聞くことでそれが流行《はや》っていた頃の自分を思い出すように、晃太郎はひとりで食事をすると実家で過ごした無味乾燥な日々に戻ってしまう。そこに周囲の賑やかさが加わることで疎外感が刺激され、居場所のなさに苛《さいな》まれる。それと気づいてから、晃太郎は幸春が来ている時にカウンターの方を見るのをやめ、早々に食事を終えるようになった。

食後のコーヒーをゆっくり味わう気になれず、一気に流し込んで席を立った。まっすぐにレジへ向かうと、気づいた仁哉がカウンターから出てくる。

「仕事中だろ。無理に出て来なくてもいいのに」

「これも仕事のうちだよ。――はい、お釣り。晃太こそ、もう少しゆっくりして行けばいいのに」

手慣れた様子でレジを操作した仁哉が、小銭を差し出しながら言う。そろそろ恒例となりつつある言葉に、苦笑した。

「仕事の邪魔する気はないし、また明日来るよ」

「了解。気をつけて」

軽くハイタッチして、晃太郎は大股《おおまた》に店を出る。駅へと向かいながら、これだから余計にバイトの彼女が「わけわかんない」んだろうなと思う。

晃太郎の会計には、必ず仁哉が出てくるのだ。他の客の時は席を立つ前から反応するバイトの彼女がまったく動こうとしないあたり、当初から言い含めてあるらしい。

ふとその気になって、晃太郎は「沙耶」を振り返る。明るい窓の中、カウンター席に座る幸春がしきりに仁哉に声をかけているのが目について、ぐっと奥歯を噛む。

大事な居場所を失ったのだと、今になって急にそう思った。

コンビニエンスストアの弁当が嫌いだと言うと、不思議そうな顔をされることがある。

大学生の頃、晃太郎の周囲には男女を問わず、毎日のようにコンビニエンスストアを常用する者が多くいた。入学を機に親元を離れ、新生活と慣れない家事に翻弄《ほんろう》されるのだから無理もない。ついでに言えば、多くの学生アパートのキッチンはほぼ添え物でしかなく、仁哉に言わせるとままごとレベルなのだそうだ。

多分に漏れず、晃太郎も実家暮らしの時はまずキッチンに入ることはなかった。もとい、コンビニ弁当に辟易して自分で作ってみようと試みた初回に、タイミングよくか悪くかちょうど帰宅した母親に見つかってこっぴどく叱《しか》られたのだ。何がそんなに厭《いや》だったのか、母親は翌日になってキッチンのガスを止めるという行動に出た。

晃太郎に料理ができるわけがない、火事にするか食材を無駄にするだけだ。だからといって、インスタントやカップ麺《めん》は身体《からだ》に悪い。だからおとなしくコンビニの弁当を食べろ。というのが母親のある意味一貫した言い分で、以降は毎日レシートを見せるよう要求された。見せないなら昼食代も出さない、と言われてしまえば、反抗する気も失《う》せた。とはいえ学校給食がなくなった高校からはほぼ毎回コンビニ食だったせいですでに嫌気が差していて、初めての夏休みを待たずコンビニ弁当を見たくないとまで思うようになった。

そういう意味で、あの遠足を機に仁哉が作ってくるようになった「試作弁当」は晃太郎にとって唯一のまともな食事と言えた。

いつまでも好意に甘えるのはよくない。実家を出たのなら自炊すればいい、そんなつもりで引っ越しを終えた夜に、晃太郎は仁哉に「沙耶」へと連れて行かれたわけだ。

口が悪くてがらっぱちなところがある仁哉の祖父である先代マスターの料理は絶品で、その日から晃太郎は「沙耶」の常連と化した。居心地のよさに、ついつい長居するようになった、という経緯だ。

ちなみに晃太郎の料理修業については、一度だけ教師役を買って出てくれた先代マスターに、とても可哀想《かわいそう》なものを見る顔で「諦めてここに食べに来い」と言われて終わった――。

「夢見、悪すぎだろ……」

出勤準備をして部屋を出ながら、晃太郎は小さくぼやきを落とす。どうにもこうにも、最近は食事のことばかり考えている気がする。ため息混じりに階段を降りかけて、つい足が止まった。

「一度訊いておこうと思ってたんだが。おまえ、おれが出て来なかったらどうするんだよ」

アパートの外階段の下で、いつものように井崎が待ちかまえていたのだ。柱に寄りかかって悠然としているが、本当にそれでいいのかと言いたい。

「ん？　その時はおまえが、どうにかして連絡くれるだろ。知ってて放置できるような性分じゃなし」

「……好きに言ってろ。何があっても責任は取らないからな」

階段を降りきったところで顰めっ面をしても、井崎は余裕のにやにや笑いのままだ。晃太郎の傍について歩きながら、いかにも世間話のように言う。

「昨夜の夕飯も親友くんのとこか」

「まあ、そうなる」

「よりが戻ったにしては顔色が冴《さ》えないよな？」

「……ありもしないよりを、勝手に作るなよ」

「それが厭なら現状の説明とかを」

「却下」

延々続く会話は、ここ数日ですっかり恒例となった。

要するに、井崎は晃太郎と仁哉がどういう状況にあるのかを知りたいようなのだ。成り行きとはいえ、この男との飲みの途中で抜けたのがよくなかったらしい。

ちなみに「説明する必要性を感じない」と言い返した初回には、意外そうな顔でこう言われた。

――何で。俺っておまえの順番待ちだよ？　まあ、おとなしく待ってる気はないけどな。

その時はさすがに言い方が悪かったと謝ったのだが、こうも懲りない様子からすると無駄な気遣いだったようだ。

「ああ、そうだ。これ、ナルミさんから。おまえにって」

「え？　ナルミさん、て」

最寄り駅の、込《こ》み合うホームに降りてすぐに思い出したように井崎が封書を差し出してきた。押しつけられたそれを受け取って、晃太郎は困惑する。

井崎の言うナルミさんは、あのバーの常連で飲み友達のナルミさんに違いない。けれど、どうしてわざわざ手紙なのか。

「おまえが全然、来ないからってさ。毎日会ってるって自慢したら、じゃあ渡しておいてくれって昨夜」

「はあ？　何でそれが自慢になる、って……昨夜？」

「気晴らしにバーに行ってきた。ってことで、近く一緒に行かないか？　ナルミさんから、顔が見たいから都合のいい日を聞いておいてくれって頼まれたんだよな」

「……まあ、考えてはみるよ」

封筒をスーツの内ポケットに収めて、晃太郎はちょうど入ってきた電車に乗り込む。

本音を言えば、バーに行く気はまるでない。新しい相手を探す気にはなれないし、井崎とつきあうつもりもない。飲みに行きたい気分はあるが、下手にあのバーに顔を出すと面倒なことになりそうだ。

肩で息を吐いて、晃太郎は吊革《つりかわ》を摑む指に力を込めた。


かしゃん、という音が耳について、反射的に顔を上げていた。見れば店員がコップを落としてしまったらしく、水浸しの床を前にボックス席の客に頭を下げている。

気を取り直して視線を落とした手元には半分ほど中身が減ったランチが鎮座していて、そういえば昼食に来ていたのだと思い出した。

いつになく仕事に没頭していたようで、気がついた時には昼時をとうに過ぎていたのだ。いつもの同僚は恋人とランチデートだと朝から浮かれていたから当然として、他の席もほとんど空いていて、晃太郎も慌てて昼食に出た。

いつもの喫茶店でオーダーしたランチを前に、少しばかりぼうっとしていたらしい。すっかり冷えた料理を口に運びながら、晃太郎は改めて「これだけはどうにかしないと」と思う。とうに成人しているのだから、自分の健康は自分で守るのは当然だ。思うたび、これまでいかに自分が仁哉に助けられ、頼りすぎていたかを痛感していた。

「今日で四日、かあ」

距離を置くと言われてたったそれだけしか経《た》っていないのに、もう長すぎると感じている。「沙耶」にいる時の疎外感と孤立感が、思い返したように押し寄せてくる。

本当に、元通りの関係に戻れるのか。もしかしたらずっとこのままか、もっと遠くなっていくのではないだろうか？

思考の隙間《すきま》に割り込んできた声を、頭を振って追い出した。ふと時間が気になってスマートフォンを取り出そうとし、上着の内ポケットに尖《とが》った感触を知る。

「あー……そっか。ナルミさんからの、手紙」

受け取ったはいいが、まだ読んでいなかった。だったらと詰め込むように食事を終えて、晃太郎はおもむろに封を切る。

内容そのものは短く、いわゆる機嫌伺いの類だ。顔が見たいので都合のいい日時を教えてほしいと末尾にさりげなく記されているのが、何となく彼らしい気がする。

「会いに行ってみる、か。だったら今日、だよな」

バーにナルミが来ているかどうかは賭けになるが、伝言を頼んだ日には井崎もついてくるのが見えている。できることならナルミとはふたりだけでゆっくり話したい。

「ナルミさんがいなかったら、スタッフに連絡先預けて渡してもらえばいいか。……夕飯は、どっかで食べるとして」

別に、恋人探しに行くわけじゃない。言い訳のように考えて、晃太郎はスマートフォンのメールアプリを開く。仁哉宛に、夕食を断るメールを打ち込んでいった。

11

仕事上がりに確認すると、仁哉から了承のメールが届いていた。ただし、「きちんと食べること」という条件つきだ。

自業自得なだけに、何とも言えない気分になった。同時に、あっさり許可が出たことに落胆を覚えて、そんな自分に呆れてしまう。

いつもと違う路線の電車でバーの最寄り駅へ行き、目についた定食屋で夕食をすませる。支払いを終え、ひと仕事すませた気分で件《くだん》のバーへと向かった。

週日の夜にもかかわらず、通りには人が溢《あふ》れている。まだ早い時刻だというのにできあがっている集団がいるのはいつものことだが、そのうちの数人は傘を手にしていた。

そういえば、今朝の予報で夜には雨だと言っていたはずだ。見上げた夜空は暗いなりに雲が垂れ込めているのがわかって、どこかで傘を買っておいた方がいいかと思う。

コンビニエンスストアを探して視線を流した時、急に横合いから肘を摑まれた。ぎょっとして目をやって、晃太郎は思わず顔を顰める。

「……幸春を、見なかったか。連絡は取れないか？」

「よりにもよって、おれにそれを訊きます？」

心底呆れて、晃太郎は摑まれていた腕を振り払う。

呆気《あっけ》なく手を離した大石は、そこでようやく我に返ったようだ。焦った顔に気まずげな表情を浮かべ、短く「悪い」とつぶやく。そのくせ、物言いたげにじっと晃太郎を見つめたままだ。

続く沈黙に放置していくかと腹を括《くく》った時、今度は背後から肩を押さえられた。振り返るより前に、聞き覚えのある涼やかな声がする。

「そんなこと、晃太郎くんが知るわけないよね。あれきりバーに顔出してないんだし。っていうより、何でわざわざ晃太郎くんに訊こうと思ったのかな」

前半で隣に並んだ声の主――ナルミは、言い終える頃には完全に晃太郎の前にいた。ふわりと鼻先を掠《かす》めた香りと流れるような動きに、晃太郎は現役のモデルか芸能人のようだと妙な方向に感心してしまう。

「お門違いだと思うよ？　他を当たってみた方がいい。――きみが知らないことを、他の誰かが知っていればいいね？」

さらに言葉に窮したらしい大石が、虚を衝《つ》かれたように唇を噛む。

さすがに少々気の毒に思えてきた晃太郎の背中を、「行こうか」の一言とともにその人がやんわりと押した。逆らうことなく歩き出すと、すぐに隣に並んでくる。

「久しぶり。元気だった？」

「はい。結構まあまあ元気ですよ」

素直に返事をしながら、ふいに気づく。連絡先は知らないし、個人的に会ってもいないが、知っていることもあるにはある。ここ最近の幸春は、連日夕食時に「沙耶」を訪れているはず――。

「……あ」

大石も、そしておそらく幸春も会社員だ。つまり、ここ最近の幸春は大石と会っていない――ということになるのではあるまいか。

「ん？　何かあった？」

「あー、いえ。さっきのはいったい何なのかなと」

「大石さん？　新しい子とうまくいってないらしいよ。……ところで晃太郎くんは本当に元気？」

とんでもないことをさらりと暴露して、ナルミは話題を引き戻す。

「それと、晃太郎くんて案外嘘《うそ》つきだよね」

「はい？　おれ何かやらかしました⁉……って、ナルミさん、道が違ってませんか」

バーへと続く路地の入り口を行きすぎたのを知って慌てた晃太郎に軽く首を傾げてみせたナルミは、けれど足を止める気配を見せない。

「や、だから、道——って、こっちに何か用でも？」

「用っていうか、せっかくあそこで会えたからまずは移動かな、と思って」

「はあ……あの、どこに、でしょうか」

ナルミと、バー以外の場所で遭遇したのは初めてだ。わざわざ他の場所に行く理由がわからず訊いてみると、とたんに彼は悲しげに眉を寄せた。

「晃太郎くんは、僕と一緒に他の場所に行くのは厭？」

「え、や、それは全然。ただその、いきなりだったんで」

罪悪感に駆られて弁解してみても、ナルミは眉を寄せたままだ。歩きながらもじっと晃太郎を見上げて言う。

「じゃあ、ちょっと僕につきあってくれる？」

「いいですよ。もともとおれ、ナルミさんに会いに来てますし。あ、手紙ありがとうございます、ちゃんと受け取りました」

晃太郎が太鼓判《たいこばん》を押すなり、ナルミの表情が明るくなる。にっこり笑顔で言った。

「そっか、よかった。で、一応訊いてみるんだけど、場所のリクエストはある？」

「リクエスト、ですか。それが、おれこっちの方角はほとんど来たことがないんで……飲み屋とか居酒屋でも構わな――」

「それは却下」

言い掛けたのを、あっさり遮られた。首を傾げた晃太郎を見上げて、ナルミは唇の両端を引き上げる。妖艶《ようえん》、としか表現できない笑みで言った。

「食べ物屋とか飲み物屋じゃなくて、ホテルにしようよ。この先にたくさんあるから、晃太郎くんが好きに選んでいいよ？」


……何がどうして、こんなことになったのか。

「あ、これ新しいやつだ。どんな味かなー……うん、僕はこれでいいや。晃太郎くんはどれにする？」

平然と言うナルミは今、某ラブホテルの一室の、壁際に設置された自動販売機の前だ。ガラス越し、奥に陳列された販売物――この場合は飲み物を、とても楽しげに見比べている。

一方、晃太郎はといえば入り口から入ってすぐの壁際で凝固中だ。

あの後、言われた内容が理解できない、というより理解を拒否しているうちに、存外に力が強かったナルミに引きずられるように、途中にあったいわゆるラブホテルに連れ込まれてしまったのだ。ようやく我に返った時にはもうこの状態で、よく言う「一寸先は闇《やみ》」の心境を味わっている。

「心配しなくてもここは奢《おご》るよ？　もちろん遠慮もいらないし」

「……いや、その。あのですね、何だってこんなとこ、に」

やっとのことで出した声は、自分でも驚くほどかちかちに固まっていた。その理由に気づいているのかどうか、ナルミは優美な形の眉を軽く上げてみせる。

「イザキくん、だっけ。伝書鳩《でんしょばと》に使っておいて悪いんだけど、彼がいるとできない話なんだよね。けど、たぶん今日はバーに来るだろうから」

「はい？」

「僕が昨夜預けた手紙、晃太郎くんはたぶん今朝受け取ったんだよね」

「はあ。伝言もその時に聞きました」

「うん。けど晃太郎くんはまず彼に伝言はしないだろうと思ったんだ。彼もそう踏んでるだろうし、そうなると晃太郎くんは今日か明日か、いずれにしても早いうちに来ると思ってた。イザキくんもそのへんは読んでるだろうから、バーは避けた方が賢明かな、と」

いったん言葉を切って、ナルミは申し訳なさそうに晃太郎を見上げる。

「もしかして、晃太郎くんは彼も同席した方がよかった？」

確かに、井崎ならやりそうだ。裏をかくどころか墓穴を掘るところだったと気づいた晃太郎は胸を撫《な》で下ろす。

「いえ、逆ってか、むしろありがたいです。その、おれとしてもナルミさんとふたりで話したかったので」

「やっぱり？　晃太郎くん、彼に狙《ねら》われてるよね。全然、その気はないみたいだけど」

にっこり笑顔で首を傾げながら、しかし台詞《せりふ》は正しいだけに辛辣《しんらつ》だ。苦笑して、晃太郎は頷《うなず》く。

「もう、何度も断ってるんですけどね。——それって、奴から直接聞きました？」

「バーで吹聴《ふいちょう》してるから常連はみんな知ってるよ。断られてるけど絶対に諦めないって豪語して、大石さんにくっついてたちっこい子から睨《にら》まれてたくらい」

「うあ……人がいない間に何やってんだあいつ」

想像するだけで、目眩《めまい》がした。額を押さえてうなだれていると、すぐ傍に気配がやってくるのがわかる。つん、と袖《そで》を引かれて目を向けると、悪戯《いたずら》っぽい笑みで言われる。

「で、飲み物は何にする？」

「……お任せします。アルコールと炭酸以外で」

「了解」

言うなり、ナルミは再び自動販売機に向かった。二回ほど作動させ、両手に飲み物を取ったかと思うと、中央にあるやたら広い円形ベッドに腰を下ろす。晃太郎と、自分の隣とを見比べてきれいに笑った。

「こっちこっち。いつまでも立ってないで、ひとまず座ろうよ」

「いや、それはちょっと。いくら何でもまずいでしょう。おれはフリーだからいいとしても、ナルミさんには恋人さんが」

「今さらだと思うけど。ふたりでここに入っちゃったんだし、何をしようと他人からは見えないよね」

あっけらかんと言われて、晃太郎は返事に詰まる。そういえば、見た目繊細そうな割にこういうところがある人だったと今さらに思い出した。

「おれに何か、用がある、んですよね……?」

知り合った初日に、お互い「好みじゃない」ことを確認した間柄だ。一緒に飲んで怪しい雰囲気になったことは一度もない。ついでに、口ではこう言いつつも実はナルミがかなり恋人に傾倒していることも、話の端々から知っている。

それ以前に、これだけきれいな人を相手に晃太郎風情が妙に意識するのはおこがましい。それは承知しているつもり、なのだが。

「そうだよ。ちゃんと話したいから、ここに座って?」

にっこり笑顔のナルミがぽんぽん叩いているのは、彼のすぐ隣、つまりベッドの上だ。

「ええと、ですね。話をするならそこじゃなく、こっちのソファの方が――」

「晃太郎くん。人と話す時は、まず座るものだよね？」

言い掛けた声を、ものの見事に遮られた。声音や笑みに有無を言わさない気配を感じて、晃太郎はそれでも迷う。じーっと見つめられて、渋々ベッドに近づいた。

「じゃあ、その……失礼、します」

ナルミの隣、彼が手で叩いた場所から一メートルほど離れた位置に腰を下ろす。と、笑顔で首を傾げたナルミがいきなりぴったりと距離を詰めてきた。

暑かったせいもあってスーツの上着を脱いでいたため、ワイシャツ越しにも寄りかかってくるナルミの体温がはっきり伝わってくる。それにぎょっとして慌てて飛び退《の》こうとしたら、存外に強い力で腕を抱き込まれ、肩ごと強く押された。え、と思う間に視界に広がった天井を、ほんの数秒で隠したのは――。

「なるみ、さ……？」

晃太郎の顔の左右に手をつくようにして、上からナルミが見下ろしている。先ほども目にした、唇の両端を上げた笑み――妖艶そのものの表情ですっと顔を寄せてきた。

惚《ほう》けたような思考のすみで、いい匂いだなと思う。同時に後頭部や背中、腰に触れる弾力のある感覚で、ようやく自分がベッドに転がされたことを認識した。

「キス、していい？　っていうか、厭だって言われてもするけど」

吐息が触れる距離で、ナルミが笑う。一拍、本気で惚けた後で、晃太郎はようやく我に返った。

「え、ちょ、嘘、何っ……」

寄ってくる気配に、限界まで顔を背けた。同時に両手を突っ張って、のしかかってくる細い身体を押し返す。けれどナルミの力は強く、上になった方の耳元に吐息がかかるのがわかった。

「だ、から駄目ってか、まずいですってば！　それって、」

かすかに頬を掠めた感触にぞっとして、押し返す腕から遠慮が消えた。強い手応えの直後に上から気配が消えて、晃太郎は胸を撫で下ろす。一瞬の後、すぐ傍に転がったナルミが目に入った。

「……っ、うわ、ナルミさんっ⁉　大丈夫ですか、怪我《けが》とかっ」

例えて言えばガラス細工のような、繊細な容姿の人なのだ。手荒にしたら壊れそうで、だから本気で抵抗できなかったはずなのに、最後の最後でやらかしてしまった。

ベッドの上、四つん這《ば》いになって近寄ると、ナルミは横向きに伸びたまま目元を腕で覆っていた。呼んでみても返事はなく、ぴくりとも動かない。

「あの、もしかしてどっか痛めましたっ⁉　だったらすぐに、医者か救急車――」

とにかく連絡をとベッドから降りようとした、その腕を掴まれた。はっとして振り返ると、ゆっくり仰向《あおむ》けに姿勢を変えたナルミが、目元の腕をわずかにずらしてこちらを見ている。

「今、誰のこと考えた？」

「――はい？」

「さっき、僕に迫られた時に誰かのことを考えたよね。それが誰だったか、いい子だから正直に教えて？」

「いい子って、おれをいくつだと……あー、誰を思い出したかって言ったら例の親友、ですけど」

するっと素直に答えながら、目元のあたりが熱くなった。

単純に「仁哉」を思い出したのではなく、あの時仁哉からされたキスのことが脳裏を掠めたからだ。たった一夜で、記憶にないほどの数だけ交わした……。

「……って、え？　何で、おれ」

どうして、あそこで。わざわざ、あんな場面を。続く言葉を辛うじて飲み込んで、晃太郎は呆然《ぼうぜん》とする。と、すぐ近くでくすりと笑う声がした。

「解決したね。晃太郎くんは、やっぱり親友くんが好きなんだ」

「は、い？」

「ん？　その件で変に拗れてたんだよね？　傍目にもおかしかったし」

当然のことのように言われて、二重の意味で唖然《あぜん》とした。

「あの、……何ですか、それ」

「んー、もう、なるようになったんだったらいいか。実は僕、去年から『沙耶』の常連だったりするんだよね。だから、ここ最近親友くん……マスターと晃太郎くんの雰囲気がおかしいのは知ってたんだ」

続く言葉に、今度こそ目眩がした。額ごと目元を押さえて、晃太郎は言う。

「訊いていいですか。おれ、ナルミさんに親友の……仁哉の店の名前や場所、教えましたっけ？」

「聞いてないね。っていうか晃太郎くん、あのバーだと親友くんのことは僕にしか話してないんじゃない？　その時も、絶対名前では呼ばないしね」

「……何で、それをナルミさんがご存知なんでしょうね……？　店のこと、まで」

「何でだろうね？」

満面の笑みで首を傾げて返すあたり、どうやら言う気はないらしい。

ため息をついて、晃太郎は言う。

「あと、最近の様子とか知ってるのはどうしてですか。おれ、あの店でナルミさんを見た覚えはないですけど」

「変装して行ってるから、かな。せっかくの晃太郎くんの配慮を無にするのもどうかと思って」

「はあ……さようですか」

「さようなんです。このまま黙って見てようかとも思ったんだけど、現在進行形でずいぶん拗れてるっていうか、一時よりひどくなった気がしてね。けど僕も詳しくは知らないんで、まあ……晃太郎くんの本音の確認っていうか？」

にこやかに言われて、何とも言えない気分になった。

「じゃあ、さっきのキスっていうのは」

「そう。だって晃太郎くん、僕の好みじゃないし。とはいえ、我ながら迫真の演技だったと思うんだけど、どうかな」

真面目な顔で訊かれて、脱力した。

「ナルミさん……何やってるんですか、いったい」

「だから、晃太郎くんの本音？　本心の確認かな。予想通りっていうか、見たとおりだったけどねえ」

（晃太郎くんは、やっぱり親友くんが好きなんだ）

唐突に、耳の奥でよみがえったのは先ほどのナルミの言葉だ。

虚を衝かれて、晃太郎は黙る。数秒、無言で考えた後で、ようやく意味を理解し――慌てて声を上げた。

「ちょ、待ってください。違いますって、仁哉とは長年の親友で」

「そうなんだ。じゃあもう一回試してみる？」

にっこり笑顔で、するりと寄って来られた。気がついた次には首に長い腕が巻き付いて、吐息が触れそうな距離で見つめられている。

「今度は本当にやっちゃおうか。今なら誰にもバレないし、お互い役得だよね」

「……っ、いや、だからしませんってば！」

「そんなに厭なんだ？」

語気荒く言い返すなり、とても悲しげな顔をされた。とはいえ本気でないのはすぐにわかって、晃太郎はぐったりと息を吐く。

「そのへんにしておいてください。ナルミさんがそれやると、洒落《しゃれ》になりません」

「えー……まあ、うん。そうかもしれないよね」

軽く首を竦めたかと思うと、ナルミはするりと腕をほどいた。軽い身のこなしでベッドから降りたかと思うと、どうやら床に落ちていたらしい飲み物を拾ってソファへと歩み寄る。

「晃太郎くんもこっちおいで」と、犬の子を呼ぶような仕草で手招かれた。

願ったりの状況だし、異議を差し挟むつもりはない。ないがしかし、振り回されまくった直後の今は少々もの申したい気分になってきた。

ため息を押し殺してソファに行くと、またしても隣をぽんぽんと叩かれた。先ほどの出来事を教訓に、人ひとり座れる程度の間を空けて腰を下ろした晃太郎に、ナルミは「はい」と飲み物を差し出してくる。パッケージを見ればお茶のようだ。礼を言って蓋《ふた》を開け一気に半分ほど飲んで、それでようやく人心地ついた。

「で、再確認するけど。晃太郎くんは親友くんが好きってことで間違いないよね？」

「だから違いますって。それは断って、だから今おかしなことに」

「断ったって、もしかして告白でもされた？　それを、晃太郎くんは今と同じ調子でお断りしちゃったんだ？」

「あ」

言われてようやく、自分が口を滑らせたことに気がついた。顔を押さえた晃太郎が指の隙間から目をやると、真顔のナルミがじっとこちらを見ている。

「『沙耶』の変な空気って、それだったんだ。何ていうか、どうやったらそんなに拗れるのかなあ……端から見れば立派な両思いなのに」

「や、あの」

「だからイザキくんがあんなに牽制《けんせい》するのか。本命っていうか、最大の敵が別にいたんじゃあ、そうなっても無理ないよね。晃太郎くんがいいって人は結構多いし、下手にライバルが増えると厄介《やっかい》だし？」

「ですから、からかうのはやめてくださいって」

耳に入った噂《うわさ》を思えば、そんなものむしろ願い下げだ。うんざりと顔を顰めた晃太郎に、ナルミは首を傾げてみせる。

「けど、僕からすると晃太郎くんはずっと親友くんを好きだったように見えたよ。けど親友くんはノンケみたいだったし、だからあえて他の相手を探してるんだとばかり」

「……はい？　何ですか、それ」

「え、本気で自覚なかったんだ？　うわあ、それすごい厄介なんだけど。……この際だから言っちゃうけど、里谷《さとや》さんもそれ知ってるよ。晃太郎くんと別れた理由がそれだったはずだし」

「――え？」

思いも寄らない内容に、愕然とした。目をまん丸にしてナルミを見つめて数秒後、晃太郎はやっとのことで口を開く。

「何で、里谷さんが……けどあの人はもう無理だ、としか」

「『沙耶』に一度連れて行ったよね。その時、すぐわかったみたいだよ」

「…………」

言われてみれば、心当たりはある。順調につきあって半年目、里谷お気に入りの珈琲店が閉店してしまったと落胆しているのを知って、「沙耶」のことを話したのだ。この人とは長くつき合えそうだと思ったからこその行動だったが、その結果が半月後の別れになったということか。

「いやあの、でもそんなこと里谷さんは一言も」

「だろうね。彼も、ちゃんと教えてあげるべきだったかって後悔してた。お互い通じてないのも、見ててわかったそうだよ。ただ、ねえ？　あの人も本当に晃太郎くんが気に入って長くつきあうつもりだったから、ショックも大きかったらしくてね」

「――――」

「晃太郎くんて、基本的に他人には甘えたり頼ったりしないよね？　だから、安心して甘えてくれるようになったら同居を切り出す予定だったんだって。それが、『沙耶』のマスターには自然と甘えてて、全然知らない顔してたって。あと、親友くんが晃太郎くんに、自分と同じ気持ちを持ってるってことも」

（すまない。もう、無理なんだ）

最初に別れを切り出した時の、里谷の言葉を思い出す。

最後まで晃太郎を責めず、「沙耶」のことも口にしなかった。痛みを堪《こら》えるような顔で、その言葉だけを繰り返し、繰り返し――。

「これは、好きとか嫌いとかとは切り離して考えてほしいんだけど。親友くんって、晃太郎くんにとってすごく大事な人だよね。たぶん、他に代わりはいないってくらい。だから弱音も、愚痴も言える。一緒にいると安心する。あと、どうしても失いたくない」

ナルミの静かな声に、ひとつひとつ頷く。確かにその通りで、だから躊躇いも戸惑いもなかった。

「じゃあ次ね。さっき僕がキスしようとしたら厭がったけど、あれが親友くんだったらどう感じると思う?」

「……、――」

「同じように厭だと思うかな。――そうだね、あとはイザキくんが相手だったらって考えてみて。その時とどこか違ってる? ゆっくりでいいから、思うまま言ってみない?」

そう言うナルミの表情に、茶化すような色は欠片《かけら》もない。見つめる視線の強さと静けさに押されるように、晃太郎は訥々《とつとつ》と口を開く。

「ナルミさんの時、は……厭っていうより違和感がすごくて、違う、そうじゃないって思いました。――仁哉、にされた時は驚いて、何で、そんなことするのかって、それしか」

あの夜に強く思ったことは、それだ。どうして、何でこんなことをするのか。そんなことをしたら、親友ではいられなくなる、のに。

そこまで考えて、ふと引っかかりを覚える。そこに、ナルミからの声が続いた。

「つまり、厭ではなかったんだよね? ――じゃあ、イザキくんが相手だったら?」

「厭というか、無理です。考えたくもありません。そういう意味で触られたくない、というか……自分でも、違和感があるんですけど」

口に出して、思いの外嫌悪感が強かったことに驚いた。

恋人と長続きしないこともあって、晃太郎の経験はけして少ないとは言えない。手軽な遊びにつきあう気はないが、それなりの好意を持つ相手に「恋人」として望まれればつきあうにやぶさかではないというのがスタンスで、だから友人程度の好意がある相手に対してここまで強い嫌悪を抱《いだ》いたことはなかったはずだ。

「それが答えだよね」

「……はい？」

「本当に好きな相手から告白されたら、それ以外の相手は意識の上で除外する。僕は対象外としても、本来ならイザキくんは一番抵抗がないはずなんだよ。ついでに、親友くんがあくまで親友でしかないんだったら、別の意味で抵抗があるんじゃないかな。けど、全然なかったんだよね？」

「そういうもの、でしょうか。その、大石さんもそうなんですけど、実はおれ、どうしても好きでつきあった人って案外少なくて」

高校の時の初恋は本気だったし、失恋の後一年近く恋愛する気になれなかった。他は大学の時に似たようなことが一度あったきりだ。残りは全部、ちょうど折り合いがついてそれなりに好意があったから、これならいずれちゃんと好きになれるんじゃないかという予想と期待を持って——。

「ああ、それ。やっぱり自覚なかったんだ？」

ぽそぽそと続けた言葉を、感心したように遮られた。ぎょっとして顔を上げると、ナルミが珍しいものを見たような表情でこちらを見つめている。

「バーで見る限り毎回そうだったよ。前に誰かひとりと長くつきあいたいって言ってた割に、選び方が違うなあとは思ってた」

「選び方が、違う……」

「親友くん以上はいないって、意識のどこかで思ってたんじゃないかな。無意識に親友くんを選んでた、とも言えるかもしれないね」

納得したように言われて、かえって混乱した。

「で、も。あいつは親友なんです。恋人になるとか、そんなのあり得ない——」

「そこが不思議なんだよね。どうしてそうなるのかなあ……すごく好きで、キスも抵抗がないんだよね。この前までものすごいぎくしゃくしてたけど、それでも毎日通ってたよね？　で、次を捜す気もないわけだ。その状況で、何で親友くんが恋人じゃ駄目なのかな？」

「だって無理です。あいつとだけは、恋人になりたくない……」

自分の口から出た言葉に違和感を覚えて、思わず呼吸を止める。そんな晃太郎に何度か瞬いて、ナルミは軽く首を傾げた。

「——……親友くんが恋人になると、何か不都合があるとか？」

「だって、恋人はどうせ別れるじゃないですか。つきあったって一年も保たないし、里谷さん以外の全員がもっといい相手を見つけて離れていったし。それも全部、おれが恋愛に不向きなせいだと思いますけど、その状況で仁哉と恋人になったりした、ら」

「つまり長続きしないから――別れたくないからつきあわない、ってことかな？」

きょとんとした声を聞きながら、晃太郎は茫然《ぼうぜん》とする。

「訊いていい？　何で別れるのが前提になるのかな。親友くんとは長いつきあいで、お互い気心も知れてるんだよね？　そもそも別れたくなければ――長く続けたければ互いに努力すればいいだけだと思うけど。バーに出入りする中に、十年単位でつきあってる同士がいるのは知ってるよね？」

ナルミの問いに機械的に頷きながら、晃太郎は無意識に口元を押さえる。

じっと晃太郎を見つめたまま、ナルミが口を噤《つぐ》む。落ちてきた沈黙は張りつめた糸にも似て、わずかな身動《みじろ》ぎすらできなかった。

「――……今、動かないと失っちゃうよ？」

静かな声に、肩がびくりと跳ねた。声も出ない晃太郎に、ナルミは淡々と続ける。

「『沙耶』で見た感じと晃太郎くんの話だと、友達でいるってことで距離を置いてるんだよね。だったら、親友くんはいつか恋人を見つけるかもしれない」

「……――」

「相手が女性だったら結婚って話になるだろうし、そうじゃなくてもパートナーができれば優先順位も変わる。晃太郎くんにとっての親友くんが一番でも、親友くんの一番は晃太郎くんじゃなくなるよ。だから、どっちにしても前の関係のままではいられない。そうなってもいいいんだ？」

事務的な声が、ずんと重く胸に落ちる。同時に、耳の奥でいつかの仁哉の声がよみがえった。

（俺も、誰かいい人を捜すつもりだから）

それを聞いた時のざわめきが、身体の奥で不快に蠢《うごめ》く。

知らなかった感情ではない。ただ、以前はここまで大きくはなかったはずのそれは、紛れもない嫉妬《しっと》だった。

12

地下鉄の階段を登って辿りついた出口の外は、雨だった。

降り始めてそれなりの時間が経っているらしく、歩道のアスファルトはすっかり色を変えて街灯の光を反射している。そこかしこにある水たまりの表面には次々と波紋が生まれていて、それなりの降りなのがすぐにわかった。駅からやや離れた出口に来たからか見渡す歩道に人影はなく、まっすぐに伸びる道路を走る車もそう多くはない。

目をやった腕時計は、そろそろ二十二時を回ろうとしている。

「どうしたもんか、な……」

降りてから気がついたが、ナルミと別れて乗った電車は自宅アパートではなく、仁哉の店――「沙耶」の最寄り駅を通る路線だったのだ。

気づいてすぐに、乗り換えようとは思った。けれどどうしてもその気になれなくて、結局はその駅で降りて、今こうして「沙耶」に一番近い出口に立っている。

……自分は今、仁哉に会いたいのか。

改めて考えても、答えは出ない。きっとまだ晃太郎は混乱していて、なのに足は勝手に動いてしまう。

雨の中を突っ切って、少し先に見えていたコンビニエンスストアに飛び込む。傘を買って外に出た時点で、行くだけ行ってみようと決めた。

（晃太郎くんを見てると、思い出す人がいるんだよね）

傘をさして歩きながら、ふっと耳の奥でよみがえったのは別れ際のナルミの言葉だ。気になって、ホテルを出て駅へ向かう道すがらに「どうしてそこまでしてくれるのか」と訊いてみた。

親しくないとは言わないが、それも同じバーの常連同士としての括りでの話だ。そこで目にした限り、ナルミは他人の恋愛事情にはいっさいノータッチだった。バーで騒ぎが起きても傍観に徹し、いっさい口を差し挟まない。

（気になってたのに関係ないからって放置して、結果すごく後悔したんだ。また繰り返す気がして落ち着かないから今回に限って口を出しただけで、つまりはただの自己満足かな。余計なことだったらごめんね？）

ナルミ自身がそうされるのを好まないから、他人の事情には関わらないのが信条なのだそうだ。実際に、当初はそのつもりだったと彼は苦笑した。

（この間、偶然里谷さんと会ってね。……晃太郎くん、どっかで彼と顔合わせたでしょう？）

里谷がやけに晃太郎の様子を気にかけていたところに「沙耶」での仁哉との様子がまた変化した。それで、お節介だと知りつつ動いてしまった――という。

（あの、里谷さんとナルミさんって、どういう）

（僕と直接親しいわけじゃないよ。ちょっとばかり繋《つな》がりがあるだけ）

その先をナルミは口にしなかったが、晃太郎にはそれで十分だ。確かに里谷とは一度すれ違ったし、その時には気にかけるような目を向けられた。

晃太郎が知らなかったことや、気づくことなく見過ごしていたことがたくさんあった、ということだ。実際、晃太郎は自分の本心すら摑めていなかった――。

渦巻くような混乱と同じくらい、晃太郎の内側を占めているのは息苦しいような胸の痛みだ。戸外でなく、人目がなければ泣き叫んでしまいたくなる、ような。

「そういや、……大石さんとの時は一度もなかったな。そういうの」

ぽつりと落ちた自分の声に、大石以前の相手にも一度もなかったくせにと内心で呆れる。

同時に、いつか幸春に突きつけられた指摘を思い出した。

（あんたって全然本気じゃなかったんですよね。大石さんもですけど、その前の人に対しても）

（あっさり切り替えるあたり、冷静というより事務的でした）

大石から別れを切り出された時――隣に幸春を認めた時、晃太郎がまず思ったのは「やっぱりそうなるか」だった。それなりに腹も立ったしむかつきもしたけれど、同じだけどこかで納得し安堵《あんど》していたのも事実なのだ。

「あー……やっぱり馬鹿なのはおれかー……」

傘を叩く雨音を聞きながらひとつひとつ思い起こしてみてもナルミの指摘には納得するしかなくて、そのたび気分が落ち込んできた。

夜の家並みの中、「沙耶」が見えてくる。窓明かりがあるはずの自宅はここからは見えず、暗い店の窓だけが目についた。

その瞬間に、悟った。――仁哉に会うために来たのではなく、「沙耶」を見て落ち着くために来たのだ。自分の気持ちを整理するのに、それ以上の場所など思いつかなかった。

雨の中、店を見たまま突っ立って、どのくらいの時間が経ったろうか。ふと視界に明るい光が差したかと思うと、ゆるやかに「沙耶」の手前——仁哉の自宅玄関のあたりで停まった。

タクシーだと気づくのと、開いたドアから傘を開いた誰かが出てきたのがほぼ同時だった。無意識に息を詰めて、晃太郎は傘ごと手近の塀に身を隠す。じきに車は走り去り、遠ざかるエンジン音に混じって聞き慣れた声がした。

「ほら幸春、足。そこが玄関だから、歩いて？」

声の主は、仁哉だった。困った声で言いながら、腕の中に抱えた誰かを——幸春を促している。具合が悪いのか幸春の返事はなく、どころか一歩進んだ仁哉について行くこともなく、結果ぐらりとふたりのバランスが崩れかける。おそらく仁哉の首にひっかけていたのだろう傘が、呆気なく外れて歩道に転がっていった。

飛び出しかけて止まったのは、仁哉がしっかりと幸春を引き起こすのが見えたからだ。ほっとしたその直後、晃太郎はぐっと呼吸を止める。

わずかに強くなった雨の中、幸春が仁哉の首にしがみつくのが目に入った。「こら、幸春って」という仁哉の呆れ声を最後に、ふたりの顔が重なって静かになる。

「……ほら、しっかりしなよ。ここで寝るわけにはいかないだろ？」

ややあって届いた苦笑混じりの仁哉の声は、もう音にしか聞こえなかった。

——どうやら、気づくのが遅すぎたらしい。

空白になった頭の中、ぽつんと落ちてきたのはそんな思考だ。そこに、いつかの仁哉の言葉が続けて落ちてくる。

（俺は、晃太への気持ちを忘れる）

（誰かいい人を捜すつもりだから）

言葉通り、今度は幸春を――ずっと好いていたと宣言した青年を、自分の隣に置くことに決めたということだ。

やけに単調にそこまで考えて、ふと疑問が浮かぶ。けれど、幸春には大石がいたのではなかったか。

（大石さんの件だけど、当面は避けた方がいいんじゃないかな。新しい子と別れる別れないで揉《も》めてるみたいだから）

駅前での別れ際の、ナルミからの忠告を思い出す。バー近くでの一件があったにしてもいきなりすぎる内容に、晃太郎はその時唖然とした。

（……は？　それって早すぎませんか）

（むしろ予定調和じゃないかな。あのちっこい子、どう見ても大石さんに本気じゃなかったし）

（本気じゃないって、……おれ、思い切り横恋慕《よこれんぼ》されたんですが）

（うん。でも、あの子が意識してたのって、どっちかっていうと晃太郎くんだよね。まあ、別れ話で揉めてるってこと以外は全部、僕の勝手な推測だけど）

「……っと、幸春？　頑張って起きろって、危な」

反芻《はんすう》していた記憶は、焦ったような仁哉の声で途切れた。我に返るなり、一度は抱え直したはずの幸春の身体が仁哉の腕の中で大きく傾いていくのが目に入る。

考える前に、飛び出していた。幸春の腰がアスファルトに着く寸前で胴《どう》のあたりを摑み、仁哉の方に添わせるように引き起こす。心得たように仁哉の腕が、今度こそがっちりと彼を抱え直した。

ほっと安堵の息を吐いたのが、ほぼ同時だった。じかに肌に落ちてくる雨に顔を顰めた晃太郎は、そこでようやく仁哉がじっとこちらを見ているのに気づく。

「あー、……その、大丈夫、か？」

「うん。ありがとう、助かったよ。――悪いけど、もう平気だから。手、離してもらっていいかな」

「ああ、うん。ごめん、その、勝手に触って」

慌てて、幸春の胴に触れたままだった手を引っ込める。そのまま仁哉を見ることなく、晃太郎は少し離れて転がった仁哉の傘を拾った。ひっくり返らなかったのが幸いし、歩道に接していた持ち手以外は濡《ぬ》れていなかったそれを、仁哉とその腕にいる幸春に差し掛ける。

「ありがとう、でもいいよ。晃太こそ、傘」

「あとで拾うからいい。それより早く中に入らないと、そいつが風邪引くだろ」

「でも」

「中までついて行く気はないし、鍵を開けるところまで手伝うだけだ。……そいつ、今夜泊まるんだろ?」

言葉少ない仁哉に、あえてつけつけと先手を打った。当惑した様子に構わずほらほらと促し、玄関前で傘を閉じる。鍵を受け取って引き戸を開け、勝手知ったるとばかりに明かりを灯《とも》した。

困った、というより気まずそうな顔の仁哉が、どうやら寝入っているらしい幸春を上がり框《かまち》に座らせる。

とても丁寧で大切なものを扱うようなやり方に、心臓の奥が掴まれたように痛くなった。

……気まずく思って当たり前だ。いつも晃太郎を気遣って先回りする仁哉としては、たとえあらかじめ宣言したことであっても——自分の告白を断った「親友」に新たな恋人を見せるのには気兼ねがあるに違いない。

だとしたら、ここで晃太郎が言うべきことは決まっていた。

「そいつと、うまく行ったんだな。……よかったよ、安心した」

抱き合ってキスをして、他の男に触れられるのを拒否する。それは完全に、恋人同士の関係だ。

知っているからこそ、晃太郎は意識して唇の両端を上げる。そうしている間も、胸がぎりぎりと痛い。痛すぎて、かえって笑うしかなくなった。

……こんなにも仁哉を好きだった自分を、改めて思い知らされた気がしたのだ。

「ここに置いてるおれの服だけど、時間がある時に着払いで送ってもらっていいか？　そいつ……幸春が知ったらいい気分じゃないだろうしさ」

ふと気づいて、そう口にする。それが、自分で自分の気持ちを切り刻んでいるように感じた。そのくせ痛みがどこか磨耗《まもう》したように鈍いのは、慣れなのか。それとも逃避だろうか。

……いずれにしても、終わったことだ。過ぎた時は戻らないし、口にした言葉は取り消せない。

もう、手遅れなのだ。今、ここで告白したとしても、仁哉を困らせ幸春をも巻き込んで混乱させるだけで、何の意味もない――。

「そう？　っていうか、晃太はそれでもいいんだ？」

幸春が気になるのか、仁哉は振り返らない。素っ気ない返事はきっと気まずさと照れから来るもので、それが今の晃太郎にはありがたかった。

うまく笑えている、自信がなかったからだ。今の顔を見られたらきっと、仁哉には本心ではないと知られてしまう。

「いいも悪いも。幸春さ、ずっと仁哉が好きだったって言ってたぞ？　せっかくの縁なんだし、大事にしてやれよ。少し癖はあるけど、悪い奴じゃないしさ」

少なくとも、仁哉に対して一途《いちず》で一生懸命なのは事実だ。だからこそ、晃太郎にあそこまで噛みついてきた。

「じゃあ、おれはもう帰るから。仁哉も明日は店だろ、暖かくして早く休んだ方がいいぞ」

いつもの口調で言って、そのまま背を向けた。歩き出す寸前、かすかに動いた気配で仁哉がこちらを見たのがわかったけれど、あえて振り返ることはしなかった。

「晃太、傘は」

「走ればすぐだ。気にしなくていい。じゃあな」

背中を向けたまま、ひらりと手を振る。その後は、躊躇いなく夜の中に駆け出した。いつの間にかさらに強くなった雨に、傘を拾う前に全身が水気を帯びてしまう。それでも、呼び止める声は聞こえなかった。

逆さに転がっていたせいで、拾った傘を差すと内側からの雨にさらされた。かまわずその傘を手にして、晃太郎はまっすぐに最寄り駅へと向かう。肌に張り付く衣類に顔を顰めながら、何かに追われるように急ぎ足で歩いた。

自宅アパート最寄りを走る路線の駅は、賑やかな通りを突っ切った先にある。いつになく人が少ない気がして確かめると時刻はそろそろ日付が変わる頃で、だったらずいぶん長く雨の中を「沙耶」の前に立っていたらしい。

庇《ひさし》の下で傘を閉じて、晃太郎は初めて振り返る。当然のことに、目に入る視界に「沙耶」

も、仁哉の自宅もない。

今さらのように、気がついた。

——あの家もあの店も、もう晃太郎の居場所ではないのだ、と。

13

幼い頃から、周囲の誰にも言えないことが晃太郎には多くあった。

たとえば両親の喧嘩が絶えないとか、行きすぎると互いに口を聞かなくなるとか、さらに進むと両方とも家に帰ってこなくなるとか。

長じてそうした喧嘩すらしなくなり、同じ時に家に揃《そろ》うことがなくなった、とか。

晃太郎の成績や素行はうるさく気にするくせに、学校であったことを報告しようとすると「忙しい」の一言で遠ざけられるとか。中学に上がった頃には重要な伝達事項の連絡すら無視されるようになり、なのに学校から督促《とくそく》が行くと晃太郎に文句を言うようになったとか。

参観日や運動会といった行事の時だけは揃ってやってきて、いかにもにこやかに嘘の「家族」のフリを強制してくるとか。

両親がとうの昔に離婚を決めていて、けれど届けを出すのを「晃太郎がいるから、晃太郎のために」我慢しているとか。それを、たびたび「晃太郎がいなければ」という形で咎《とが》められるとか。晃太郎の前で平然と互いとは別の恋人の存在を口にし、晃太郎にも会わせようとする、とか。

——そんな両親が、実は周囲の反対を押し切っての大恋愛で結婚した、だとか。当時は「一生離れない、添い遂げる」と宣言していたとか。

幼い頃は、両親の内と外での態度の違いに混乱した。「矛盾」という言葉を知って「これだ」と納得して、つまり両親は周囲に嘘をついているんだと——それを「晃太郎のため」だと称しているんだということを知った。

……どんなに好きでも、人は変わっていくものだ。反対を押し切り駆け落ちまでして結婚して、なのに早々に冷めてしまった両親のように、いつか互いを疎んじるようになる。

もちろん、世の中の夫婦全部がそうだとは思ったわけではない。けれど晃太郎の間近にあるのはそうしたサンプルだけだった。だから高校生になって初めてできた恋人が、他の相手を見つけたのを理由に一方的に別れを突きつけてきた時に、心のどこかで「やっぱり」と思ったのだ。それが二度三度と続いてしまえば、晃太郎にとっての恋人は「そういうもの」になった。

人は変わっていくから、ずっと好きではいられない。それが恋愛感情であれば手加減はなく、いったん冷めてしまったら二度と戻らない。ずっと長くつきあえる恋人なんか、夢のまた夢——他の人はともかく、きっと晃太郎には縁がない。

だって、うまくいく人はみんな、最初からうまくいっている。たまに失敗することはあっても、何度も何度も何年も、他の誰かに恋人を奪われることはそうそうないだろう。

つまり、晃太郎だから「そう」なのだ。恋人になった相手には飽きられる。続けていくだけの、何か大事なものが足りない。

だったら、本当に好きな人には絶対に告白はしない方がいい。せっかく友達でいられるなら、親友というポジションで近い場所にいていいのなら——ほんの一時「恋人」でいるために、その場所を失うのはあまりにも悲しい。

だから、なかったことにしよう。気づかなかったことにしよう。

大事な人とは、ずっと友達でいる。

そうするのが、きっと一番いい……。

最悪な気分で、目が覚めた。

寝床に転がったまま真っ先に見えた天井を睨むようにして、晃太郎は右手で枕元を探る。スマートフォンを掴み取ると、作動する前だったアラームを解除した。時刻だけで言えばあと三十分、ぎりぎりまで粘るなら一時間は寝ていてもいい頃合いだがとてもそんな気になれず、どうせ起きたならと身支度をすませてしまうことにした。

とてつもなく、夢見が悪かったのだ。どんな夢だったかはすでにおぼろになっているが、とても苦しくやるせなかった気持ちがまだ身体のそこかしこに残っている。

洗面をすませて寝起きの頭をしゃっきりさせてから、着ていくスーツを決める。着々と着替えを進めて、ふと手が止まった。

こういう気分の時は好きなものを身につけるのが常なのだが、どうしたわけか一番気に入っているネクタイが見当たらないのだ。クリーニングに出した覚えはなし、いったいどこにやったのだったか。

「最後、いつ締めたっけ……？」

ぽそりとつぶやきながら記憶を辿れば、すぐに在処《ありか》はわかった。——仁哉のところだ。前回、仕事帰りにスーツで行って、私服で帰ってきてしまっている。

「あー……」

仕方なしと別のネクタイを選んで襟《えり》に差し込む。きっちり締めると気分まで締まるから、晃太郎は個人的にネクタイが好きなのだ。

ネクタイ捜索をしていたせいで、身支度を終えた時刻はいつもより二分ほど遅い。慌てて部屋を出て外廊下を階段へと向かいながら、「そういえば宅配便が来ないな」と思った。

仁哉に、彼の家にある晃太郎の私物を送るよう頼んで、明日で一週間になる。着払いなら仁哉は伝票に晃太郎の電話番号を入れておくはずで、なのに電話はおろか不在票も入って来ない。

「店が忙しくて手が回らない……か？」

適当に突っ込んで送るだけでいいのに、などと考えながら、晃太郎はアパートの外階段を降りていく。いつものように下で待ち構えていた井崎に、ため息混じりに言った。

「なあ、そろそろそれ、やめないか？」

「おはようさん。やめるって、何で」

「当分相手はいらないって、この前説明しただろう」

実を言えばつい先日、晃太郎から誘って井崎と飲みに行ったのだ。その時に、自分の気持ちに気づいたことや結果として失恋したこと、いろいろ思うところがあるのでおそらく年単位で恋愛はしない、とも告げた。

その時、この男は殊勝な様子で「わかった」と答えた。それで納得してくれたのかと思えば、翌朝にはやっぱりここで待ち構えていたわけだ。

「何度も言うようだが、意味ないし時間の無駄だぞ」

「どうだろうな。こっちとしては先行投資のつもりなんでね、そんなもんだと思っておいてくれ」

そう言う井崎は、晃太郎がナルミによってホテルに連れ込まれたあの夜、やはりバーに顔を出したようだ。晃太郎の帰りが遅かったのも把握済みで、「昨夜はどこに行ってたんだ？」

と真正面から聞いてきた。

何となく出し抜いた気分だったこともあって「バーに行く途中ナルミさんに会って別の店に連れて行ってもらった」と返したら、「やっぱりな」と妙に納得されたのだ。

（おまえ、ナルミさんに気に入られてるよなあ。難しい人だって評判なのにさ）

（どこがだ。取っつきやすいし話しやすい人だろ。……時々、ちょっと困るけどさ）

「困るって何が」と興味津々な顔で追及されて、話はそこで終わった――と思ったら、最後の最後に「まだ諦めてないからな」と宣言されてしまったのだ。

「なあ、おまえ今夜空いてないか？　知り合いから飲み屋の割引券貰《もら》ったんだ、一緒に行かないか」

「無理だな。今夜はナルミさんに誘われてる」

駅に向かう道々で答えると、井崎は珍しいものを見たような顔になった。

「なあ。ナルミさんておまえ相手だと態度が違うみたいだけど、もしかしておまえあの人に狙われてないか？」

「何言ってんだか。ナルミさんに長年のパートナーがいるのは有名な話だろ」

「知ってるけど、それって都市伝説並みに信憑《しんぴょう》性がないって話だろ。肝心のパートナーの実物に会った奴がひとりもいない、本当にいるのか知れたもんじゃないってさ」

いかにも作ったような顔で言われて、晃太郎はため息をつく。

「自分が会ってないから存在しない、ってのも了見が狭いよな。失礼だから、そういう憶測はやめろ。ついでに後をついてくるのも禁止だ」

「駄目かー。おまえの了承があればＯＫだろうに」

予想通りのことを企《たくら》んでいたらしく、井崎が残念そうに顔を歪《ゆが》める。と、何か思いついたように晃太郎を見た。

「じゃあ場所はあのバーじゃないんだな？　だったらいいけど、間違ってもあそこには近づくなよ」

「あー……幸春と大石さんが、おれを捜してるから？」

「やっぱり知ってたか。それもナルミさんだろ？」

「そう」

「敵《かな》わねえよなあ。まあいいや、じゃあまた今度つきあってくれよ」

未練がましく言う井崎を適当にいなして、電車に乗った。

車窓から見える空の色は、真夏と呼ぶにはまだ薄い。とはいえ雲はひとつも浮かんでおらず、つい昨日出たばかりの梅雨明け宣言を思い出させた。

いつも通り途中の駅で降りていった井崎と別れてから、晃太郎は会社近くにあるパン屋のイートインへ向かう。

ここ最近は、この店で朝食を摂っているのだ。昼はこれまで同様に同僚とランチへ行き、夕食は同僚や知り合いから教わった店に日替わりで出向くことにしている。

……雨の中、仁哉の家を出て以降、晃太郎は一度も「沙耶」を訪れていない。仁哉とは、顔を合わせる以前に電話も、メールのやりとりすらもなくなった。

あの翌朝に、晃太郎の方からメールを送ったのだ。邪魔をする気はないし仕事も忙しい、だから当分行けそうにない、とだけ記したそれへの返信は「了解」の二文字のみで、それが仁哉の晃太郎への関心の低さを表すようで思いの外応えた。

それでも、いずれ楽になるはずと思ったのだ。三日か四日もあれば落ち着いて、胸は痛くても息苦しさは消えると、そんなふうに考えていた。

なのに、明日で一週間という今日になっても痛みや息苦しさは軽くなっていない。むしろ、じわじわと身体の奥の深い部分に沈んで行っている気がする。

今までの相手には、どんなに引きずってもここまでにならなかったのに。

三日目にそう思い、その後で気がついた。つまり、仁哉が本気の相手だったから「こう」なのだ。

それでも、とにかく食事はきっちり摂った。すでに仁哉に相手がいる今、いつかのような失態で面倒をかけるわけにはいかないのだ。

(幸春と大石さんが、おれを捜してるから？)

最後に残ったコーヒーを飲み干しながら、ふと先ほどの自分の台詞を思い出す。ナルミが言い、井崎までが口にする以上、どうやら本当のことなのだろう、が。

「……何の用なんだ？」

大石とは言わずもがなだが、幸春とはなお接点がないのが晃太郎の立ち位置だ。前者の連絡先は削除済みだし、幸春に至ってはそもそも交換したことすらない。

「当分、店には行かない方がいいってことか」

いずれにしろ、気持ちの整理がつくにはまだ時間がかかりそうだ。だったら、それはそれで好都合と言っていい。幸い、日常的な接点は皆無なのだから。


待ち合わせの駅前広場に着いた直後に、ナルミからメールが届いた。

トラブルがあって一時間ほど遅れる、申し訳ないというメールに了承の返信を送って、晃太郎は予約先の料理屋に連絡を入れる。幸いにして、快く時間変更に応じてくれた。

ぽっかり空いた時間をどうしようかと思案して、以前たびたび訪れていた近くの書店に行ってみることにした。

時刻はとうに夕方だが、この時期はまだ十分に明るい。久しぶりとはいえ以前住んでいた場所ともなれば、ある程度勝手は知っているから気楽だ。

大学時代に借りていた学生アパートが、この駅から自転車で十分の場所なのだ。そのまま住みたかったが学生アパートだったため、就職と同時に今の部屋に移る形になった。

変わっていないようで、意外に変わっているのが町並みだ。記憶にある建物と記憶にない看板がモザイクになっていて、どことなく違和感を覚えさせる。日に日に高くなる気温の名残りかこの時刻になっても空気は熱を含んでいるようで、どうにも上着を着る気になれない。

そんなふうに、周囲に気を取られていたせいで反応が遅れたのだ。不意打ちで肩を摑まれてぎょっと振り返った光太郎は、予想外のことにうんざりする。

近すぎるほど近い距離に、大石がいた。ひどく疲れた顔で見下ろしたかと思うと、唸るような声で言う。

「……幸春と、連絡は取れないか？」

いつかと同じシチュエーションに、晃太郎は顔を顰める。歩道の真ん中で立ち止まるのはまずいと、ひとまず端に寄るよう促した。なるべく人目につかない街路樹の陰を選んで、改めて大石を見上げる。

「取れませんよ。住所も連絡先も知りませんし、何より接点がありません。連絡先なら大石さんの方が知っているでしょう」

「幸春は、やたらおまえのことを気にしていた。俺とつきあうようになってからも、何かと言えばおまえの話ばかりで」

それは仁哉絡みだろうと思いはしたが、今の大石に教えるのは悪手だ。「沙耶」に乗り込まれでもしたら目も当てられない。

というより、まだ別れ話が終わっていなかったのか。それはそれでどうなんだと、幸春を問いつめたい気分なのだが。

「ところで、あんたは何でこんなところをうろうろしてるんです？　何か他に用があるんじゃないですか」

「おまえか、幸春を捜していた。おまえがこのあたりをよく使うと前に言っていたのを、思い出して」

「……あ」

そういえば、恋人同士だった頃に晃太郎の案内で、何度かこの界隈《かいわい》に食事に来たことがあったのだ。

「幸春はともかく、何でおれを捜すんです？　もう、あんたとは無関係ですよね」

「幸春の携帯ナンバーが、繋がらなくなったんだ」

「着信拒否なら諦めるか、別の電話からかけてみればいいでしょう。どっちにしても他を当たってもらえませんかね」

元恋人と、横恋慕してきた新恋人の別れ話に巻き込まれるなど真っ平だ。下手に関わったりしたら仁哉や「沙耶」にまで飛び火しそうで、あまりにも厄介すぎる。

「着信拒否じゃないんだ。ナンバーが使われていないと、アナウンスがあって……会って、きちんと話がしたい。どうして急に態度が変わったのか、別れると言い出したのか理由がわからないんだ。ただ、元の幸春に戻ってほしかっただけなのに」

そこまで口にするあたり、大石は本当に疲れ切っているようだ。何しろ晃太郎とつきあっていた頃には、やたら年上のプライドにこだわって、いっさい愚痴や泣き言など言わない人だった。

幸春がこの人の前で態度を作っていたのは事実だと知っているだけに、少しばかり同情もした。機会があれば一言言っておくかと、内心でそう思う。

「幸春がおまえを捜していると聞いた。どこにいるか教えてくれないか。一度だけでいい、会わせてほしい」

「言ってることが矛盾してませんか。幸春が、おれを捜してるんですよね？　何度も言いますが、おれはあいつの居場所も連絡先も知りません。そもそもあいつに捜される理由もありません」

詰め寄る大石に思わず一歩下がった時、横合いから「ちょっと！」という声がした。見れば噂の人物――幸春が、今しがた青になったばかりの横断歩道を走って渡ってくるところだ。

安堵して、晃太郎はさらに一歩下がる。間に逃げてしまおうとこっそり身構えていたら、何を思ってか幸春はまっすぐに晃太郎に向かって突っ込んできた。

「逃げないでくださいよっ、どんだけ捜したと思ってんですか⁉　どうしても、聞いておきたいことがあって」

「聞いておきたいことって、何なんだ」

そのままぶつかってくるかと思われた幸春は、けれど寸前で大石に阻まれた。とたんに足を止めた幸春が、顔をあげて表情を歪める。「うわ」という厭そうな声が、晃太郎にもはっきり聞こえた。

「何だよ、何であんたがここにいるわけっ⁉」

少し離れた場所で、晃太郎は「いいのかその顔で」と思う。

記憶にある限り、幸春は大石の前では巨大な猫を被《かぶ》っていたはずなのだ。

「何で会ってもくれなくなったんだ？　電話も通じないし、いつもの店にも顔を出してないだろう。どれだけ捜したと思ってる？」

「誰も頼んでないと思うけど？　それ以前に僕、もうあんたとは別れるって言ったよね」

「だから、どうしてそうなるんだ。余計なことを言ったからか？　俺はただ、元の幸春に戻ってくれたらと」

「元って何。僕はもともとこうなんだけど？　あの時も言ったはずだけど、従順で内気な子がいいならそういうのを捜せば。見た目だけで勝手に中身まで決めつけられるのって、すごい迷惑なんだよね。ああ、でもあんたのことだからまた似たようなのに捕まるだろうけど」

目の前で繰り広げられる痴話《ちわ》喧嘩で、およその状況はわかった。同時に、晃太郎は妙な頭痛を覚えてしまう。

放置して逃げるのが一番ではあるが、大石と言い合っているようで幸春の神経はこちらを向いている。動けば即、何か言ってくるに違いなく、だったらなるべく穏便に収めるのが一番だ。周囲は薄暗いが街灯が点《つ》いてしまったし、すでに人目も集まりかけている。

「あー、とりあえずちょっと移動しようか。ここだと目立つしな」

理不尽を感じながらも、大石と幸春の間に割って入った。とたん、幸春がさっくりと「いいです。もう話すこともないんで」と切り捨てる。

「そうはいかないからここまで揉めてるんだろ。いいからほら、こっち来な」

幸春が動けば大石も動くだろうと、あえてそちらに声をかける。先ほどから足下をもじもじさせていた幸春は、どうやら足が痛いようで歩き方が微妙だ。転びそうに見えてつい背中に手を添え、車道とは逆側の少し広くなった場所へと促す。街路樹の周りにベンチが設置されていて、夜になるとうまい具合にやや暗く人目につきづらくなるのだ。

ふくれっ面で、それでも素直に動いていた幸春が、急に足を止める。直後、「また逃げるのか」と大石の声がした。

「腕、痛いんだけど。離せよ」

「……絶対に、逃がさない。今日こそちゃんと、話を」

言い合う間に、幸春は大石に捕まっていた。あっという間に揉み合いと化して、そのまま引きずって行かれる気配を見せる。

さすがに見過ごすわけにはいかず、大石の前に立って進路を塞《ふさ》いだ。

「少し落ち着きませんか。幸春はちゃんと話に応じると――」

「邪魔だ」

一言で、呆気なく押しのけられた。慌てて、晃太郎は今度は大石の肩を掴む。

「ちょ、いくら何でもやりすぎです。落ち着いてください、でないと騒ぎに」

「うるさい」

唸るような一言と、首の付け根あたりに衝撃が来たのがほぼ同時だった。

力任せに押されたのだと悟った時にはもう、全身が背中側に傾いていた。まずいと悟ってたたらを踏んだはずの足は、けれど何かに引っかかって簡単に宙に浮く。

「ちょ、――晃太先輩っ」

悲鳴のような、幸春の声が耳に入った。

後ろに倒れた頭が、何か固いものにぶつかって音を立てる。それと同時に、晃太郎は意識を飛ばしてしまっていた。

14

目が覚めた時、晃太郎は病院にいた。

周囲を白いカーテンで囲まれた、いわゆる診察台の上で横になっていたのだ。枕といい寝ていた場所といい、それ以外の場所は思いつかなかった。

何度か瞬いて、ぎょっとして飛び起きる。とたん、後頭部に鈍い痛みが走った。思わず声を上げ頭を抱えたところで、閉まっていたカーテンが唐突に開く。

「目が覚めた？　よかったああ！」

今にも泣きそうな顔で叫んだのは幸春だ。本気で案じていた様子に「おや」と違和感を覚えた晃太郎をよそに、「先生呼んでくる！」と叫んで出ていく。

開けっ放しのカーテンの向こうは、やはり診察室か処置室だろうか。点滴台やら血圧計が置いてあるあたり、病院に間違いないようだ。

「えーと……？」

後頭部を押さえていた手を、そっと外す。そろりとベッドから脚を下ろすと、くらりと目眩がした。

いつのまにか脱がされていたようで、下がった脚のすぐ下に見覚えのある革靴が並んでいる。スーツの上着とネクタイも、少し離れた籠《かご》の中に丁寧に入れられていた。

気づいてみると、周囲はやけに静かだ。人の気配をほとんど感じない。

……何がどうして、どうなったんだったか。

考えて、まず浮かんだのは「あの後どうなったのか」だ。

幸春はいたが、大石の姿が見えない。先ほどの様子ではさほどのトラブルはなかったのだろう、とは思うが。

考えている間に声がかかって、看護師が姿を見せる。いくつかの質問をし、血圧を測り終えた頃に今度は医師らしい白衣の女性と、その後ろから幸春が顔を出した。

「気分はどうですか。吐き気は？」

チェック項目らしい複数の質問の後、簡単に晃太郎の身体に触れながら医師が訊く。それには素直に返事をした。

「気分は悪くないですね。少しむかつく感じがするのと、あとぶつけた場所が痛いくらいで」

「そうですか。一応、検査もしましたが、今の時点では特に問題はないようですね。ただ、頭をひどく打って脳震盪《のうしんとう》を起こしていたので」

冷静な声で、ぶつけて切れた箇所は絆創膏《ばんそうこう》で処置していること、現時点で問題がなくとも頭の中で何か起きている可能性があるので数日は注意して様子を見ること、を告げられる。

「ぶつけた箇所以外の頭痛や目眩、あと吐き気があるようならすぐに受診してください。あと、当分は無理しないように」

言い終えて、医師は席を立とうとし、思い出したように座り直した。まっすぐに、晃太郎を見て言う。

「診断書は必要ですか？」

「は？　え、仕事に支障でも出るんですか、これ。おれ、基本デスクワークなんですけど」

思わず問い返すと、医師は奇妙な顔をした。

「警察に届けるなら必要かと思いますが。……知人に暴力を奮われたのでは？」

「はい？」

「そうです、診断書はお願いします。届けは出しますので」

ぽかんとした晃太郎をよそに、幸春が言う。ぎょっとして、慌てて口を挟んだ。

「いや、結構です。ちょっとした行き違いの結果なので」

「は？　何言ってんですか、あんたお人好しもいい加減に」

言い募る幸春の腰をひっつかみ、顔を自分の胸に押しつけて黙らせる。重ねて「診断書は無用です」と口にすると、医師は曰《いわ》く言い難い顔で席を立った。

「もし診断書が必要になった時は、後日改めてお出しできますので。それと、まだ目眩があるようですし、ここで少し休んでいかれて結構ですよ」

気遣う顔で言い置いて、看護師も出ていく。それを見届けて、晃太郎はようやく腕の中から幸春を解放した。

拘束されている間にずっと唸り声をあげていた幸春が、真っ赤な顔で睨んでくる。いきなりやらかした自覚はあるので丁重に謝ったら、拗《す》ねたような顔をされた。

「あのさあ、診断書は」

「その前に、何がどうなったのか説明してくれないか。全然わかってないんだ」

「……いいですけど。説明するほどじゃないですし」

むくれ顔の幸春が言うに、晃太郎は後頭部から街路樹にぶつかったのだそうだ。そのまま倒れて動かなくなったところを見ていた通行人が駆けつけて介抱し、幸春に救急車を呼ぶよう言ったという。

病院の夜間救急に運び込まれても、声かけや検査を受けても意識が戻らず、ひとまず処置室で休ませていた時にやっと——ということだったらしい。

「そりゃまた、手間をかけたな。わざわざついてきてくれて、ありがとう」

改めて礼を言うと、幸春は可愛い顔をくしゃりと歪めた。

「お礼とか、言わないでください。……僕、驚いて、どうすればいいかわからなくて。ただ、救急車に乗ってついてきただけで」

「いや、でも助かったからさ。で、大石さんはどこだ？　待合室とか？」

七か月とはいえ、恋人としてつきあった相手だ。こうした時に逃げて平気な人ではないと、晃太郎なりに知っている。その上での問いに、幸春は露骨に顔を顰めた。

「……そうです。ここにいられると邪魔だし鬱陶しいんで。でも、本気で届けないつもりですか？」

「そのつもりだが。そんな怖い顔することか？」

「だって、あんたは被害者じゃないですか。あの人が余計なことするから……っ」

「行き違った末の事故だろ。加害者も被害者もあるか。そもそもおれが躓《つまず》かなきゃ、樹にぶつかることもなかったんだろうしな。よくて歩道に転がって、擦り傷を作る程度だ」

さらりと言った晃太郎を、幸春は睨むように見据えてくる。

「あんたって……っていうか、そもそも何で関わってくるんですか！　大石さんと僕の間のことで揉めてたんであって、あんたには関係ないじゃないですかっ。僕なんかろくなこと言ってないし大石さんをあんたから取り上げたんだし、全部自業自得で、なのに何で」

どこで息継ぎをしているのかという勢いで、幸春が言い募る。それを聞きながら、晃太郎は思わず首を傾げた。気のせいか、今の幸春はやけに殊勝な気がした。

「自業自得ねえ。……大石さんの件は、そうとばかりは言えない気がするが？」

「え」

「おまえ、自分で思ってるほど器用じゃないぞ。結構、本音が顔に出てる。ってか、おれからしたら丸見え。どっちかっていうと、気づかない大石さんが抜けてるな。正直、それで大丈夫かって心配したくなるレベル」

「な、んですか、それ。すごい失礼なんですけど⁉」

しょんぼりしていたはずの幸春が、一転してむくれる。憤然と言い返してきた。

「あれやってると周りにすごく受けがいいんです。むしろ、やらないと相手にされないっていうか、だから必死で努力して研究して」

「努力の方向性が違わないか。変えないとまた同じこと繰り返すように思うが？」

おそらく幸春にとって、大石のようなパターンは初めてではないのだ。多少の程度の差はあっても、ああいう形で始めては破局しているのではなかろうか。

「別におまえはそのまんまでもいいんじゃないのか？　素のまんまでも、毛並み逆立ててる子猫みたいで可愛いしさ」

ツンデレとか言うのだったか、晃太郎相手にずっと尖っていた幸春が、「沙耶」の前で仁哉の話をした時に見せた笑顔の破壊力が凄《すご》かったのだ。アレを「自分を思って」されたと知ったら、大抵の相手は一発で落ちる気がする。

「な、なななな何ですかそれ、何言って」

「ああ、でも大石さんの件はちゃんと決着つけろよ」

これだけはと思って口にすると、真っ赤になってどもっていた幸春がすうっと真顔になった。それへ、晃太郎はわざと事務的に続ける。

「放置したところで余計に拗れるだけだ。噂にもなってるし、お互いのためにもよくない。仁哉だって、いい気はしないんじゃないか？」

「それ、は知って、ます。この間、叱られました、し」

唇を尖らせて、幸春は言う。その様子に、心臓の奥に最近馴染みになった痛みが走った。

「だったら、大石さんとはちゃんと話して終わらせとけ。必要ならおれが立ち会ってやる」

「――あの、何でですか？　僕、晃太先輩には嫌われることしかしてない、ですよね？」

「ここまで巻き込まれたら一蓮托生《いちれんたくしょう》だろ。その代わり、仁哉は巻き込まないでやってくれ。あと、今後はなるべくやらないように……って、もうやる必要ないか。仁哉の前では猫、被ってないんだろ？」

「猫って」

むう、と顔を顰めた幸春が、怪訝《けげん》な表情を作る。首を傾げて言った。

「ええとですね、その件が仁哉先輩に何の関係が？」

「何、って……おまえら、つきあってるんだよな？」

「は？」

目をまん丸にした幸春が、ふいに黙り込む。じぃいいっと晃太郎を見つめたかと思うと、盛大に顔を歪めた。

「僕と仁哉先輩が、ですか。それってもしかして、恋人としてって意味で言ってます？」

「今さら隠す必要もないだろ。この前なんか、仁哉んちの前でキスしてたくせに」

変にしつこく念を押されて、ひどく微妙な気分になった。自らの口から出た言葉にダメージを受けて、晃太郎は短く息を吐く。

「……はあ⁉　何言ってんですか、そんなのあり得ないに決まってるじゃないですかっ」

「へえ。あいにくおれはこの目で見たんだが？」

「え、だって、この前ってでも晃太先輩、当分『沙耶』には来てないし……そうだった僕、それを訊こうと思ってずっと捜してて、……って晃太先輩⁉　もしかしてあんたそれ、仁哉先輩に言いましたね⁉」

食いつく勢いで、問いただされた。勢いに押されながら、晃太郎はそれでも「そりゃまあ、現場にいたし」と口にする。

「説明、してください。どういう状況で、何を見て、何を言ったのか。早く！」

ぐいぐいと詰め寄られて、晃太郎は仕方なくあの時のことを説明する。もちろん私情抜きで、ごく簡単に、だ。

けれど今の反応には嘘は見えない。というより、ここで幸春が嘘をつく理由も必要もないはずだ。――だったら、

「え。じゃあ、仁哉の片思い、とか……？」

「何言ってんですか。そんなこと、あるわけないじゃないですか」

ぽつりと落ちたつぶやきは、速攻で叩き潰された。潰した本人の幸春は、呆れ返った顔で晃太郎を見つめて言う。

「仁哉先輩のことが好きなくせに、よくそんなこと平気で言いますよね」

唐突な指摘に反応できず無言のまま見合って三秒後、唐突に電子音が鳴った。すぐさまポケットからスマートフォンを取り出した幸春を目にして、晃太郎はいきなり思い出す。

「うわ、ナルミさんとの約束……っ」

転がるようにベッドから降りて、籠の中の上着を探る。見つからずあちこちを叩くと、スラックスの尻ポケットに入ったままだ。

小さな画面に表示された時刻は、駅前でナルミから示された延長後の約束を遥《はる》かに越えている。メールだけでなく通話の着信も複数あって、あまりのことに肝が冷えた。

「ちょ、そんなところに座らないでくださいよ。迎えが来たみたいなんで、出ましょう」

「は？　ちょ、おい――」

スマートフォンを握った方の肘を摑まれて、強引に引っ張られた。言われてみれば長居をしすぎたと、ひとまず晃太郎は幸春についてドアの外に出る。

時間外だからだろう、だだっ広い待合いフロアは明かりの半分以上が落とされて薄暗い。人気《ひとけ》のないそこに待合いの椅子が整然と並ぶさまは、どことなく不気味だ。

ドアから近い端に途方に暮れた顔で座っていた大柄な男が、晃太郎を認めて腰を上げる。

よほど慌てたのか、椅子ががたがたと音を立てた。

「とりあえず、晃太先輩の具合だけど」

するっと前に出た幸春は、どうやら説明を引き受けるつもりらしい。何でまた、と思いはしたものの、晃太郎はあえて好きにさせておいた。違っていたらその都度、晃太郎が訂正すればいいのだ。

聞き終えた大石の言い分は、およそ幸春と同じだ。訴えられても仕方がない、それがないならせめて治療費だけでもと言われて、晃太郎はさっくり断っておく。

「事故ですし、自業自得寄りなんで。無用です」

「いや、しかし」

予想外に食い下がられて面倒になってきた頃、背後から足音が聞こえてきた。

夜の病院は音がなく、そのせいかやけに音が響く。どうやら走っているようだと察して、看護師にでも見つかったら叱られるだろうにと他人事《ひとごと》のように思う。その後で、足音がまっすぐにこちらに向かっているのに気がついた。

怪訝に思い目をやって、固まった。

薄暗い上にやや遠目なのに、それが仁哉だとすぐにわかった。白いシャツにブラックジーンズという格好は、腰にギャルソンエプロンを巻けば仕事着そのものだ。

そういえば、「沙耶」の閉店時刻はとうに過ぎている。先ほど幸春が言った「迎え」は、つまり仁哉のことだったらしい。

まさか、こんなところで会うことになるとは。複雑な気分で見ていた晃太郎は、けれどすぐに違和感を覚える。

仁哉が、晃太郎だけを見ている気がしたのだ。気のせいでなかった証拠に目の前で立ち止まり、せき込むように「怪我はっ」と訊いてきた。

「あー……後頭部にたんこぶと、擦り傷？」

「それだけ？　他は？　頭を打ったんだったら、他に検査とか」

晃太郎の肩を掴んでゆさゆさと揺らす仁哉にはいつもの落ち着きも柔らかさもなく、とても珍しいものを見た気分になった。

「今のところ異状はないそうです。経過観察は必要みたいですけど」

「だけど頭を打ったんだろう？　それなら入院とか」

さらりと口を挟んだ幸春に、仁哉が噛みつく。これも珍しい光景で、ついまじまじと眺めてしまった。

「自宅で安静にして様子を見るように、ってことでした。そんなに気になるなら、先輩がご自宅に連れ帰って見張っておいてくださいね」

「は？　いや、おれは別に、……そもそも仁哉は幸春を迎えに来たんだろ？」

「何言ってんですか、そんなわけないでしょう。――そういうことなんで仁哉先輩、とっととその人連れて帰ってください。夜中に容態が急変するかもしれないので、くれぐれも目を離さないようにお願いしますね」

「わかった、絶対目を離さないようにする」

「おい、ちょっ……」

何でそうなるのかと、慌てて口を出そうとした。が、それより幸春の方がずっと反応が早かった。

「それと先輩、この人がすごく変なこと言ってるんです。僕と先輩が恋人同士で、抱き合ってキスしてたとか。まさかとは思いますけど、先週僕が潰れた時とかに」

「……キスは、やってない」

「つまり、恋人同士云々《うんぬん》は言ったんですね？　先週から晃太先輩が店に来なくなった原因って、それなんですよね」

「――……」

困り切った顔で、仁哉が黙る。晃太郎はと言えば、話の流れに今ひとつついて行けずにいた。

「もういいです。おふたりは、とっととお帰りになってください」

短い沈黙を破ったのは、露骨に匙《さじ》を投げたような幸春の言葉だ。ついでのように追い払う手振りをされて、晃太郎は思わず「おまえはどうするんだ」と声を上げる。

幸春は、にっこりと可愛らしく笑った。

「僕はまだ用事があるので。といいますか、ちゃんと決着つけろって言ったの、あんたですよね」

「いや、それなら立ち会いを」

「いりませんし、必要なら報告もします、その代わり」

いったん言葉を切って、幸春はまっすぐに晃太郎と仁哉を見た。

「そちらはそちらで、きちんと決着をつけておいてください。勝手に出汁《だし》にされた以上、結果報告はしてもらいますからね？」

15

乗り込んだ車の助手席から電話を入れると、ナルミはすぐに出てくれた。開口一番に「大丈夫かな。何があったの？」と訊かれる。簡単に事情を説明すると「無事ならよかった」と通話の向こうで安堵の息を吐いた。

『電話に出ないしメールもないし、おかしいと思ったんだよね。捜してはみたんだけど、僕はそのへんの地理に明るくなくて。でも無事でよかったよ。今日はゆっくり休むといいよ』

丁寧に礼を言い、埋め合わせの約束をする。最後の最後、ナルミからの「今どこ？　迎えに行こうか?」との問いに大丈夫ですと返してから通話を切った。とたん、車内にしんと静寂が落ちてくる。

昔から、仁哉は車の中で音楽を流さない。何となくその方がいいと聞いたことがあって、それに慣れた晃太郎も特に必要だとは思わない。

ただ、——こういう時はどうにも間が保たない。

手の中のスマートフォンに顔を向けたまま、晃太郎は目だけで運転席を見る。

ハンドルを握る仁哉は、病院を出る前から静かだ。幸春がいた時の饒舌《じょうぜつ》さは消えて、最低限の言葉しか口にしなくなった。ナルミに電話をする前に断りを入れた時も、頷くだけですまされてしまったほどだ。

「……——今の電話の相手って、誰?」

さらに二分ほどの沈黙の後、不意打ちのように訊かれる。少し驚いて、それでも晃太郎は素直に答えを口にした。

「行きつけのバーの飲み友達、かな。年上だから、友達はちょっとおこがましいかもだけど」

「よく会うんだ?」

「そうでもない。個人的に会うのは今日で二度目だ。いろいろ、相談に乗ってもらってて」

(今、動かないと失っちゃうよ?)

訥々と答えながら、ふいに思い出したのはいつかのナルミの言葉だ。耳の奥に残るその声に押されるように、晃太郎は続ける。

「幸春と、つきあってるんじゃなかったのか？」

「……つきあっては、いないね」

運転席の肩が、小さく揺れる。それを視界に入れながら、晃太郎は言う。

「じゃあ、それ以外の恋人ができたけどおれには言いたくない、とか？」

「晃太こそ。今の、ナルミさんて人とはずいぶん親しげっていうか、いろいろ知ってる感じだったよね」

「まさか。ナルミさんにはもうパートナーがいるよ」

「パートナーがいる人相手でも、片思いはできるだろ」

仁哉の声音は表情がなく平淡で、何を思っているのか摑めない。だったらと、晃太郎は思い切ってしまうことにする。

「もしかして、仁哉は幸春に片思いしてるの、か？」

「まさか。むしろ恋敵かな。……晃太、もうじき駅だよ」

するりと告げられて、晃太郎は視線を前に戻す。駅までの距離を示す看板が、ちょうど真横を過ぎていった。

要するに、駅で降りろということだ。それは結局、もう話す気はないという——手遅れだという意味なのだろう。

当たり前、だ。仁哉の必死の告白を、晃太郎は二度も断った。もう言わない、忘れるとまで言わせた。この期《ご》に及んで告白など、虫がいいにもほどがある。

知っているからこそこれ以上、後悔はしたくない。

仁哉に恋人ができていてもできていなくても、以前の関係にはもう戻れない。その証拠に、仁哉の態度も表情も違う。

仁哉には迷惑だろうが、今後会う機会もなくなるなら当たって砕けてしまえばいいのだ。

「話があるんだけど、仁哉んちに行くのは駄目か？　家、が無理なら店でもいいんだ」

絞り出すように言ってみたものの、仁哉からの返事はない。そのまま車は駅の表示近くへ走って、緩やかに停車した。

どうやら、それも無理らしい。――そこまで厭がられたなら、仕方がない。

ぐっと奥歯を噛んで、晃太郎はドアノブに手をかける。直後、がちりと音がしてロックがかかった。

いきなりのことに、瞬いた。思わず振り返ると、仁哉は相変わらず前を見たままで言う。

「晃太がいいなら来てほしい、とは思うよ。怪我のこともあるし、ひとりにはしたくない。けど、晃太はそれでもいいのか？」

「それでもいい、って？」

「……前の時と、同じ目に遭うかもしれない」

ぽつりと返った言葉に、晃太郎は首を傾げた。それに気づいたのかどうか、仁哉はゆっくりとこちらに顔を向ける。困ったように、笑った。

「ずっと会いたかったのに、会えなくて。諦めようにも諦めきれなくて、……だから、晃太がうちに来たりしたら我慢できずに手が出る、かも」

「……え」

口から出た声は一音だけで、けれどそれを耳にした瞬間、唐突に仁哉の言葉の意味を理解した。

かああっと、全身が熱くなった。のぼせたようにまとまらない思考の中、晃太郎はふいに気づく。

（諦めようにも諦めきれなくて）

仁哉もそうなら、諦めなくてもいいのではないか。まだ仁哉の中に晃太郎への気持ちがあるのなら――だからこそたった今、車のドアをロックしたのなら。

正直に言えば、仁哉が恋人になるのはまだ、怖い。これまでと同じように、すぐに壊れてしまいそうで、けれどそうなった時のダメージがこれまでとは比較にならないと知っているからこそ。

けれど、今。手を伸ばさなければ見失う。次にこの機会があるとは限らず、だったらもう進むことしか考えられなかった。

「……こっちとしては、望むところ、なんだが」

言った直後に、どういう言い方だと後悔する。とたんに聞こえた仁哉の声は「は」と「へ」の中間のような一音で、その後はまた沈黙してしまった。

「さっきの、ナルミさんに言われてやっと気がついたんだ。おれ、たぶんずっと前から仁哉が好きだった。けど、恋人同士っていうのにどうしてもいいイメージがなくて」

そんなものになったらすぐ別れる、縁が切れてしまうと思い込んでいた。だからこそ、仁哉とは親友でいたかったのだ。それならずっと離れずに、一緒にいられると思っていた、から。

言葉を探して探して、晃太郎は口にする。仁哉の顔が見られず俯《うつむ》いていると、ふいに右の手首を摑まれた。おそるおそる顔を上げると、運転席からまっすぐにこちらを見つめる仁哉と目が合う。

「俺のこと、好き?」

届いた声は小さくて、何かを怖がるような響きがあった。だからこそ、晃太郎は即座に頷いて返す。

「好きすぎて、失くすのが厭で、だったら友達でいいって思うくらい。おれ、恋人とは長続きしないし。終わったらそれきりだろ。でも、仁哉だけは失くしたくなくて、だからできればずっと一緒にいられるように努力できればって」

言い終える前に、するりと頬を撫でられた。金属音とともに何かが動く気配がして、仁哉が運転席から大きく乗り出してくる。吐息が触れる距離で、囁かれた。

「キスしても、いい？」

「え」

一瞬戸惑って、すぐに考え直す。思い詰めたような顔の仁哉に、どうにか笑ってみせた。

「うん。しようか」

「……晃太」

すり、ともう一度頬を撫でられて、どうしてかそれを「仁哉の手」だと妙に意識する。とたん、その箇所がかあっと熱を帯びた。

「晃太？」

車内灯は点いていないし、街灯の光はちょうど届かない。なのに変化に気づいたらしく、仁哉の声が怪訝そうな色を帯びる。

「ごめ、……何か。すげえ恥ずかしい、んだけど。何だコレ」

自慢にもならないが、キスにもその先の行為にもそれなりに慣れているはずなのだ。正直、仁哉よりも経験人数は多いと思う。

そんな、自分が。たかだかキスすると思っただけで――頬を指で撫でられただけで顔じゅう火が出たかと思うほど真っ赤になる、とは。

身の置き所がなく、口元を覆って横を向く。と、すぐ傍でくすりと笑う声がした。

「恥ずかしいんだ。晃太、可愛い」

「ちょ、おまえいい年した男捕まえて、何言っ……」

言い終える前に顎《あご》を取られ、啄《ついば》むようなキスをされる。呆気なく終わってしまったことにきょとんとしていると、近い距離で仁哉が笑った。

「知ってる？　恥ずかしいっていうのは相手を意識するからなるんだって」

「う、……」

「もう一回、するよ。いいよね？」

「ん、――」

返事の前に顎を撫でられて、今度こそ呼吸を奪われた。

「んん、……ふ、ぅ……っ」

唇の表面を撫でた舌先に、歯列を撫でられる。促されるまま口を開くと、深く奥までまさぐられた。舌先を搦《から》め捕《と》られ、やんわりと齧《かじ》られて、じんと痺《しび》れるような感覚がそこかしこから浮いてくるのがわかる。気がついた時には晃太郎は仁哉の首にしがみついて、夢中でキスに応えていた。

指先や手首に、柔らかく当たっているのは仁哉の髪だ。いつも首の後ろに束ねているそれにこんなふうに触れるのは初めてで、それだけで胸の奥が膨らむような気がした。

どこからかクラクションの音がして、ようやく我に返る。仁哉も同じだったらしく、顔を見合わせてどちらからともなく苦笑がこぼれた。

そういえば、夜も遅いとはいえここは往来だ。クラクションは余所《よそ》で鳴ったようだが、さすがによろしいとは言えまい。

「……帰ろうか」

「うん」

交わした言葉は、それだけだ。けれど、それで十分だと思えた。

玄関から中に入った直後に、背中から抱き込まれた。

言葉もないまま顎を取られ、振り向かされた格好でキスをされる。息苦しいのに離れたくなくて必死で首を捻《ひね》っていたら、顎から喉《のど》へ、うなじへと移った仁哉の手のひらにたんこぶができた場所をもろに摑まれた。

「……んぃっ――っ」

あまりの痛みに、目の前で火花が散った気がした。とたんにぱっと手を放した仁哉が、焦ったような困ったような顔で覗《のぞ》き込んでくる。

「え、晃太、どこを」

「そこ。思い切りぶつけたんで、当分触るの禁止、な」

涙目で睨んだ晃太郎に、仁哉が一瞬息を詰める。「ごめん」とは言われたものの顔は顰めているし声音もぶっきらぼうだしで、何となく理不尽な気分になり——もしかして、興が冷めたのかと胸の奥がひやりとする。

信じていないわけではないのに、不安を覚えたのだ。車の中でキスをした時はもう大丈夫だと安堵したはずが、まだどこかに恐れが残っている。

……だとしても、もう後には戻れない。ひとつ息を呑み込んで、晃太郎は仁哉を見つめる。

「……仁哉?」

「ああ、うん。寝室に、行かないか?」

声で何か察してくれたのか、仁哉の顔がいつもの柔和なものに戻る。気を取り直したように伸びてきた指に眦《まなじり》を撫でられ、腰を抱かれた格好のままで靴を脱いで家に上がった。

そう広い家ではないから、廊下を進めば寝室にはすぐに着く。引きあけた戸を押さえた仁哉に背中を押されて、晃太郎は懐かしい部屋に足を踏み入れた。

真っ先に目に入った壁際のベッドに、思わずその場で足が止まる。前回の、強引だった行為を思い出して、腰のあたりがぞくりと震えた。それが伝わったのだろう、するりと伸びてきた指に頰を撫でられて、何となくほっと息を吐く。

いつもの柔らかい声で、「晃太」と呼ばれる。反射的に顔を上げたとたんに見下ろす仁哉と視線がぶつかって、つい息を呑み込んでしまっていた。

「晃太？　どう――」

「あー……その、だな。風呂とか、どう、する……？」

目を合わせていられず、うろうろと室内を見渡す。耳に届く自分の声が無様なくらい揺れているのを知って、少しばかり驚いた。もしかして、緊張しているのだろうか。

相手が仁哉になるだけで、行為そのものには慣れているはずだ。引き替え仁哉の方はきっと前回が初めてで、だったら今夜リードするのは晃太郎の方、で――。

「晃太。ずいぶん余裕だね？」

「え、そ……ん、っ――」

反論は、不意打ちのキスで封じられる。後頭部を避けるためだろう、左右の頬を手のひらにくるまれた格好で、仁哉らしくない強引さでいきなり歯列を割られた。

「ん、……んん、っ」

食らいつくようなキスに、肩胛骨《けんこうこつ》のあたりがぞくりとする。頬から移った腕に痛いような力で腰を抱かれて、背すじを辿るように撫で上げられて、どうしようもなく全身が跳ねた。

ただ、キスをされているだけだ。明け透けに言ってしまえば、もっと深くて執拗《しつよう》なキスも、知ってはいる。けれどその時であってもここまで過剰に反応したことはない。衣類越しの刺激はそれなりでしかなくて、だから晃太郎はいつもどこか冷静に行為の先を見ていられた。

なのに、今のこれは何なのか。

戸惑いは、深く奥を探るキスに押し流された。搦め捕られた舌先を、押し入ってきた仁哉のそれで捏《こ》ねるようにされるたび、過去に体験したのよりずっと甘くて、痺れるような感覚が肌のそこかしこではじけていく。

たとえて言うなら、剝き出しの神経に触れられたような。肌の底にある感覚をじかにあぶり出すような――柔らかいのに鋭敏な、快楽。

「……晃太」

唇から離れていった吐息に、耳元で名を呼ばれる。ぞくりと肌を走った感覚に、かくんと膝《ひざ》から力が抜けた。ずり落ち掛けた身を立て直す前に強い腕に抱き寄せられて、わざとのように耳朶《じだ》に嚙みつかれる。

「――ッ、ひ、ろやっ」

「晃太、やっぱりここ弱いんだ」

揶揄《やゆ》めいて嬉しそうな声に、嚙みつかれたばかりの箇所を嘗《な》められて、危うくとんでもない声がこぼれそうになった。ぐっと奥歯を嚙んだ気配を感じたのかどうか、仁哉は今度は耳の奥に舌先を押し込んでくる。

「……っ、――」

制止しようにも、声にならない。耳の中で響く水音にすらどうしようもなく煽られて、晃太郎は仁哉の袖に爪《つめ》を立てる。

明確に「おかしい」と思ったのは、移動したベッドの上でワイシャツの襟に手をかけられた時だ。仁哉の手で外されていくボタンを見ているうち、ひどく居たたまれなくなった。

「……もしかして、やっぱり厭……？」

無意識に身を退いた晃太郎に気づいたのだろう、仁哉が手を止める。慌てて首を横に振りながら、そのくせ指はワイシャツの前をかき寄せていた。

「いや、違……その、今さらっていうか、何でなのか自分でもよくわからないんだ、けど」

長年のつきあいで、互いの裸くらい見慣れている。就職する前も後にも一緒に温泉に行ったこともある。なのに、仁哉に見られると思うとどうにも落ち着かない。

そして何より、身体の反応がおかしい。

親友同士、長いつきあいだ。軽いボディタッチは日常茶飯事で、それをどうとも思っていなかった。なのに、こうして顔を見ているだけで滲んでくる感覚は何なのか。

慣れた行為で、相手が違うだけだ。だからリードする気だったのに、あまりにも勝手が違いすぎる。自分の身体で自分の肌なのに、これではまるで高校生の時の、初めて「した」時以上の——。

「緊張してる、ってこと？　さっきも車の中で言ってたよね」

「それも、あると思う。けど、何か慣れないってか……いや、おれが慣れてないわけがない、んだけど」

晃太郎の恋愛遍歴は、ほぼ仁哉に知られている。その状況で震えるほど緊張するとか、初回以上に怖くてシャツを脱ぐのも落ち着かないなどあり得ない。

「悪い、その……やっぱ、今回はやめとく、か？」

口にして、何よりそれを怖がっている自分を思い知る。

今回も何も、本当に「次」はあるのだろうか。呆れて、愛想を尽かされて終わるのではないか。下を向いたままシャツをかき寄せる指に、痛いほどの力が籠《こ》もった。

「……厭じゃない、んだよね？」

柔らかい声に、辛うじて頷く。とたん、するりと左右のこめかみに指を差し込まれた。

「だったらやめるのは無理だよ。晃太がそうしてほしいって言っても、聞いてあげられない」

指先に捉《とら》えられた耳朶を撫でるように擦《こす》られて、晃太郎はびくりと首を竦める。すぐ傍で、「どうしよう、可愛い」とつぶやく声がした。

何が、と訊く前に何度めかのキスに呼吸を塞がれる。角度を変えて唇を食《は》まれ、舌先を吸われて齧られる。そのたび起きるざわめきが、肌の底で急な流れを呼び起こしていく。

「ン、……ん、ぅ――」

ねっとりと続くキスは執拗で、呼吸すらなかなか許してはくれない。だからといって顔を背けるのは厭で、応じたあげく息苦しさに頭の中が白くなった。

「……晃太」

囁く声を震えるほど近くで聞いて、いつの間にかキスが終わっていたのを知る。耳朶をなぶった舌先に耳殻のラインをなぞられて、肩だけでなく背すじまでもが大きく跳ねる。逃げた顎を摑まれたかと思うと、喉から顎のラインにキスをされた。

呆気なく力の抜けた身体を、やけに慎重に横たえられる。上に重なってくる仁哉の、いつになく真剣な顔に、理由《わけ》もわからず息が詰まった。

「そういえば、頭の方は平気？　その、……無理はさせないつもり、だけど」

「大丈、夫。たんこぶが痛いだけ、で吐き気も目眩も収まってる、し。こうやって寝てる分には当たらない、から」

不幸中の幸いと言っていいのか、真後ろから少しずれた位置なのだ。実際、病院で目が覚めるまでも仰向けでさほど痛みは感じなかった。

「そっか。じゃあ続けるよ。――手、緩めてもらっていい？」

「あ、」

苦笑混じりに言われて、ようやく自分がシャツの襟をぎっちり握ったままだったことに気がついた。焦る内心のまま動くことができずにいると、仁哉は鼻先をすり合わせるようにして唇を啄んでくる。

「晃太」

「う、……」

究極の選択を、迫られた気分になった。喉の奥で軽く唸って、晃太郎は必死で覚悟を決める。

戸惑いも羞恥も混乱もあるけれど、やめてほしいわけではないのだ。恋人同士になった以上こうした行為は自然なことだし、何より晃太郎本人が望んでもいる。

まだ胸のどこかに残っている躊躇いや恐れを、きちんと追い出してしまいたかったのだ。すればすむと思っているわけではないが、これまで何よりも恐れていた「仁哉と恋人同士になった」事実を、本当の意味で確かめたかった。

前の時に、すでに見られているのだから、今さら恥ずかしがって勿体をつけても無意味だ。思いはしても、この状況は別の意味でハードルが高い。

……だったら、中途半端にしない方がきっと後々が楽に決まっている。

よし、と決意を固めて、晃太郎は仁哉を見る。いつもより甘い顔で見下ろす親友に言った。

「悪い、いったん離れてもらっていいか？　この際だ、全部自分で脱ぐ」

「え、そうなんだ？　ちょっとそれ、残念っていうか」

「でないと、一枚脱ぐたび同じことになる、気がする」

少々渋い顔になった仁哉は、けれど晃太郎のその一言で素直に退いてくれた。

熱に浮かされるという言葉の意味を、初めて理解できた気がした。

「……っあ、――ん、ちょ、待っ……」

ベッドの上で頭がこすれるという理由で、今の晃太郎は四つん這いになっている。両腕には脱げかけのシャツが、膝から下にはスラックスと下着が引っかかったまま、今にも崩れそうな肘を必死で突っ張って、握り込んだシーツに爪を立てていた。

ひっきりなしに上がる声はひどく掠れて、自分のものとは思えない響きを帯びている。視界に映るのは見慣れた仁哉の部屋だけで、なのに自分の身に何が起きているのかは辛うじて認識できていた。

身体の奥のあらぬ箇所を、もうずいぶん長く仁哉にあやされているのだ。執拗にキスをされ、指先で押し広げられてはさらに奥を探られている。

幾度となく続くその感覚を、晃太郎はよく知っていたはずだ。なのに今、それが全部嘘だったか、まったく別の行為だったとしか思えなくなっていた。

感覚が、まるで違うのだ。当初のあの気恥ずかしさと、触れ合った時の過剰とも思える自分の反応を思えば当然のことなのに――実際にそうなってみて、すでに泣きが入っている。

絶え間ない波の合間の、一際大きなうねりにぶつかるたびに、逃げようと試みては気づいた仁哉の腕に引き戻される。その繰り返しだ。

「ん、――ひろ、も、いい加減、に……っ」

ゆるりと広げられ、抉《えぐ》られる感覚に背骨に沿ってひりつくような悦楽が走る。堪えきれず背すじが反ったはずみで肘が崩れて、晃太郎はシーツ上に沈み込む。と、落ちる寸前の腰を摑まれ、丁寧なやり方で仰向けに転がされた。

熱を帯びて汗ばんだ額を、そっと撫でられる。その感覚にすら、小さく肩が跳ねた。辛うじて開いた視界の中、すり寄る動きで近づいた仁哉に唇を啄まれる。息苦しさに開いていたせいで乾いていた唇を、宥《なだ》めるように嘗められた。前後して、親指の腹で眦を拭《ぬぐ》われて、どうやら自分は泣いていたようだと初めて気づく。

重い両腕を上げて、晃太郎は上に重なった仁哉の背中にしがみつく。まだ終わっていないのに、苦しいのに熱を帯びた晃太郎のそこは放置されたままなのに、触れただけで身体の中で渦巻く熱がさらに温度を上げていくのに――それとはまるで別の次元で、心の底から安心した。

「晃太、平気かな。先に進んでもいい？」

気遣う口調の仁哉の、こちらを見下ろす目に浮かぶのは、前回にも目にした獣じみた色だ。あの時には恐れたそれをひどく愛しいものに感じて、勝手に視界が滲《にじ》んでしまう。それが気になったのか、仁哉は宥めるように優しく頰に触れてきた。

「ごめん、もう、やめてあげられない……」

「やめ、なくていい。そ、れより、は、やく――」

重怠い指に力を込めて、晃太郎は仁哉の背を撫でる。そうしながら本当に仁哉が好きだと、過去につきあった誰とも違うのだと悟った。

一方、仁哉は晃太郎の返事が意外だったようだ。前半で申し訳なさそうに歪んだ顔が、後半で切り替わったように豹変する。

「晃太、それ、反則……っ」

言葉を惜しむように、唇を奪われる。その後はもう、意味のある会話はなくなった。

腰のあたりを宥めるように撫でていた手が、さらに下へと落ちていく。膝を掠めたその手に大腿の内側を撫でられて、勝手に大きく腰が跳ねた。緊張を帯びていた箇所のさらに奥へと動いて、今の今まで宥められていた箇所をもう一度、確かめるように探られる。

「ぅあ、……っ」

押し寄せてくる感覚に思考の半分を持って行かれながら、晃太郎は「何が違うんだろう」と頭のすみで思う。

ネットで調べたという仁哉のやり方は、今までの相手とそこまで大きくは違わないのだ。なのに、悦楽の濃さがまるで違った。

どうしてなんだろうと片隅で考えて、ふと気づく。どうしても失いたくない仁哉と、まず続かない以前の相手と――そこが一番大きな違いだ。と、考えられたのはそこまでだった。

身体の奥からぬけ出していったものの代わりに、もっと熱い何かが押し当てられる。無意識に呼吸を詰めたのと圧迫感が襲ったのがほぼ同時で、思わずしがみついた仁哉の背に爪を立てていた。

「……晃太」

額同士を、合わせている感覚がある。幼い子どもがするような仕草に、どうしてかひどく安心した。さらに力の抜けた腕で仁哉の首にしがみついて、晃太郎は目に入った恋人のこめかみにキスをする。

「晃太、――」

肩を上下させていた仁哉が、何かを堪えるように顔を顰める。今度は頬からすり寄ってきた。

「ひろ、や。……すき、っだぞ」

「うん。俺、も」

目を合わせて交わした言葉が、合図になったようだった。

緩やかに始まった波が少しずつ大きく早くなっていく。その中で、晃太郎はただ仁哉の名前だけを呼んでいた。

16

社会人になって初めて、当日に有給休暇を取った。

そもそも晃太郎の勤務先では有給休暇は事前申請が原則で、当日の休みは欠勤扱いとなる。

ただし、例外も存在する。

つまり、不慮の事態に限り、だ。病欠もこれに含まれるが、残念ながら過去に仮病を使った者がいたとかで、基本的には診断書の提出を申しつけられるという。

『では、先ほども言った通り有給休暇として処理しておきます。休み明けに、忘れずに直属の上司に申請書を提出しておいてください。診断書の提出は無用です。では、お大事に』

通話の切れたスマートフォンを手に、晃太郎はベッドの上で固まった。

ちなみに相手は勤務先総務の女性社員だ。ふんわりとした花のような見た目からは想像のつかない、電話だけで仮病を見破るエキスパート。

「……マジか」

そのエキスパートから、有給休暇取得の許可が出てしまったわけだ。それも、晃太郎側は欠勤として連絡したにもかかわらず。

ちなみに、彼女が電話口で許可した場合に限り診断書の提出は必須とされない、というのは昔から総務にある謎のルールのひとつらしい。

「えー……」

目をやった壁の時計は、たった今午前九時を回ったところだ。そして、晃太郎が仁哉のベッドで目を覚ましたのは、その二十分ほど前になる。

正確には覚えていないが、たぶん明け方まで——その、仁哉とよろしくしていた、ような覚えがある。実際、目を覚まして時計を目にして飛び起きようとして、晃太郎は即座に断念した。

身体、特に下半身が、まったく思うように動かなかったわけだ。それなら欠勤の連絡をと、十五分かけてじりじりと、ベッドの下に投げ落とされた上着からスマートフォンを引っ張り出し、超特急で連絡を入れた、のだが。

「……面妖《めんよう》な」

ぼそりとつぶやいた後で、声が完全に嗄《か》れているのに気がついた。けして病気のせいではないのだが、どうやらコレのおかげで有給休暇をもぎ取れた——のかもしれなかった。

一応出た結論に顔を顰めていると、引き戸を叩く音がした。見れば、開いたままのそこに満面の笑みを浮かべた仁哉が立っている。

ものすごいにこやかさに、どうやら一部始終を観察されていたらしいと気がついた。

かっと顔が熱くなった顔は、見るまでもなくきっと真っ赤だ。どうしてこうなる、慣れているはずなのにと、晃太郎は昨夜から何度目かの疑問を持て余してしまう。

「おはよう、晃太。気分はどう?」

気のせいでなく、名前を呼ぶ声の響きが以前よりずっと甘い。そう思うだけで、さらに顔が熱を帯びた。気恥ずかしさに俯いた目に映る自分は着た覚えのない寝間着姿で、覚えはないがこれも仁哉がしてくれたのだろうと思う。

「……晃太? もしかして、本当は厭だった?……俺のこと、嫌いになったんだ?」

羞恥心と戦っていると、横合いからしょげ返ったような声がした。

ぎょっとして、跳ねるように顔を上げた。泡を食って首を横に振っていると、悲しげだった仁哉の顔が満面の笑みになる。鮮やかな変化に呆気に取られている間に、唇をちょんと啄まれた。

「おなか空《す》いたよね。朝食にしようか」

騙《だま》された、気分になった。上機嫌な仁哉にむっと顔を顰めていると、今度はするりと鼻先で寄って来られる。

「そんな顔してるとキスするよ? すごい濃厚なやつ」

「へえ。やりたきゃやれば?」

挑戦的な気分のまま、晃太郎は鼻で笑った。——ことを、数秒後にとても後悔する羽目になった。

有給休暇が取れた晃太郎はともかく、本日「沙耶」が定休日だったのは運がよかった。

と、居間のソファで遅い朝食を摂りながら言ってみたら、隣で食事中の仁哉は苦笑した。

「俺もそう思うよ。晃太も、有休取れてよかった。その、手加減できなくて本当にごめん」

「今回はいいけど、次からは注意な。有休取れたの、不思議なくらいだし。あと、今日はもうなしだぞ。さすがに出勤できないと困る」

「だよね。うん、じゃあ次は週末ってことで」

「や、別に決めなくてもいいんじゃあ」

寝起きよりはマシになったとはいえ、寝室からここまでは仁哉の手を借りて移動するのがやっとだったのだ。正直、もっと手加減してもらわないと保たない。

食後のコーヒーを飲みながら言ってみたら、仁哉は神妙な顔で「善処します」と返してきた。とはいえ直後にキスのおまけがついてくるあたり、かなり不安は残る。

ただ、気持ちはわかる気がするのだ。要するに、結局のところ仁哉も晃太郎も少々浮かれているのかもしれない。

その時、急にインターホンが鳴った。怪訝な顔で応対に出る仁哉を見送って、晃太郎はこれ幸いとソファに転がってみた。

「あんなに、違う、もんなのか……？」

ぽつりとこぼれたのは、誰にも言えない疑問だ。ありていに言えば昨夜の話で、ぶっちゃけてしまえばこれまでのアレコレとは何もかもが違いすぎた。もちろん、いい意味で、だ。

「……うん、黙ってよう」

何だか初体験の気分だったとか、言わない方が得策だ。心に決めた時、廊下の方から二人分の足音が聞こえてきた。

のろりと身を起こし、ソファの上で座り直す。仁哉が自宅に入れる相手は限られている。たぶんという予想は大当たりで、仁哉について顔を出した幸春に「よう」と手を挙げてみせた。とたんにむうっと膨れた幸春に、「やっぱり嫌われてるらしい」と再認識する。

「あー……おれ、席を外そうか？」

「え？」

「何でですか。僕、あんたにも話があるんですけど！」

仁哉の声を遮る勢いで言って、幸春は居間に足を踏み入れる。ソファの上で何となく小さくなった晃太郎の隣に、ちょこんと座り込んだ。

正直、「あれ」と思った。同時に、キッチンに向かいかけていた仁哉が呆れ顔でこちらを見る。

「幸春、席」

「えー、いいじゃないですか、ちょっとくらい。——ところで具合どうです？　目眩とか吐き気とか」

仁哉の声を見事に受け流した幸春が、真正面から晃太郎を見る。その顔に、何となく懐かれた、ような気がしてきた。

「おう、ありがとう。今のところは特に、だな」

「そうですか、よかったです。……ちょっと、無体はされたみたいですけど、そっちの方は」

「いやだから問題ないって。それより幸春、おまえ仕事はいいのか？　今日は平日だろ」

まずい方角に行きかけた話を強引に引き戻して訊くと、幸春はにっこりと可愛らしく笑った。

「代休です。もともとの予定がそうでしたから。その、晃太先輩を捜す、つもりだったので」

言われて、そういえばと思い出した。大石はよりを戻したくて幸春を捜していたようだが、だったら幸春は——。

「で？　おまえは何で、おれを捜してたんだ」

「ですから確認しようかと思ったんです。まあ、もう必要ないみたいですけど。……ちゃんと、まとまったみたいですし」

じろじろと、晃太郎とその背後、ソファの後ろに立った仁哉を見比べて言う。意味がわからず首を捻っていると、肩を竦めて言った。

「見ててじれったいっていうか、腹が立ったんです。先輩たちって端から見れば立派な両思いなのに、妙に悩んで拗れてるから」

「だから？　おれを見つけてどうしようと？」

「一週間前から仁哉先輩が本格的におかしくなったのはわかったんです。飲みにいった日に晃太先輩の声を聞いたのも覚えてたので、何かあったんだろうな、と。面倒になってきたし、ついでにどうにかしてくっつけようかなって」

「……面倒って」

ある種のショックを受けたらしく、ソファの後ろで仁哉がうなだれる。それを視界の端に入れて、晃太郎は眉を上げた。

「くっつけるって、瞬間強力接着剤かよ。じゃあ、おまえはそもそも何で、大石さんに横恋慕仕掛けたんだ？」

「こっちから仕掛けたわけじゃなくて、向こうが声かけてきたんですってば。晃太先輩が仕事で忙しかったせいもあるんでしょうけど、やっぱりおとなしくて可愛いのがいいとか言って」

すごいむかついたんです、と続けた幸春の笑顔は超絶に可愛らしくて、ギャップのすごさに感心した。

「仁哉先輩がいるくせに、あんたは何でこんな男選ぶのかと思ったんです。で、大石さんにはちょっと可愛い振りしてみたらあまりに食いつきがすごかったんで、こんな簡単に心変わりするんだったらとっとと別れたらいいのにと思って」

「……待て。それ、おまえにメリットが何もなくないか？」

幸春が、大石に対して恋愛感情が薄いのは、昨夜の時点で察してはいた。けれど、今の言い方では薄いどころか皆無と言えないか。

「個人的にいろいろ実験中なので、別に。それと、大石さんとの件は片づきましたのでご心配なく」

けろりとした顔で流された。つい顔を顰めた晃太郎に、幸春は笑みを返す。

「大丈夫ですよ。大石さんも心の底から納得して、同意の上で別れてくれたので」

「おい。その言い方、かえって怖いぞ」

「気のせいですよ。じゃあ、そういうことなんで。僕は帰ります」

さっくりと言って、幸春は腰を上げた。

「いや待って。すぐコーヒーでも」

「飲みたい時はお店に行くからいいですよ」

呼び止める余地もなく、幸春は帰っていった。

慌てたように玄関まで送っていった仁哉が、じきに戻ってくる。ソファの上、眉根を寄せた晃太郎を見て苦笑した。

「ずいぶん難しい顔だね。幸春のこと?」

「いや、だって意味不明だろ。あれってさ」

「うーん。あのさ、これってたぶんの話なんだけど、幸春にとっての晃太郎って特別なんだよ」

「……はあ?」

目が点になる、という表現を、我が身をもって体験した気がした。

「何だそれ。おれはほとんど接点なかったぞ。第一、あいつは仁哉に告白したんだろ?」

「そのほとんどなかった接点で、晃太はいろいろやらかしてるんだよ。この前だって、幸春にさんざん言われて店の前から追い払われたくせに、笑うと可愛い、そのままでいいのに、とか言ったんだよね?」

「言ったような気はするけどさ。あれはあれで面白いっていうか、個性があっていいんじゃねえの?」

「晃太のそういうとこが、幸春には特別に思えたんじゃないかな。実を言うと俺にとってもそうだったしね」

「ん?」

意味がわからず瞬いた晃太郎に、仁哉は肩を竦めて笑う。

「初対面であういう場面見られて、実はすごく狼狽《うろた》えてたんだよ。みっともない恥ずかしい、どうやってごまかそうかって。なのに晃太は『度胸あるな』とか、『視野が広くていいなあ』とか誉めてきたから、正直すごく驚いた」

「は？　実際、あんだけの人数に囲まれて動じないってのは大したもんだぞ。おまけに先にこっちを気遣うとか、なかなかできることじゃないしさ。って、おまえマジで狼狽えてたのか？　平然としてるようにしか見えなかったけどな」

「そこが可愛げないって前々から言われてたからね。昔からちょっと醒めてたみたいで、同世代の間でも家族の中でも何となく浮いてたし。そうなるとまあ、必然っていうか」

あんな形で集団に囲まれることもさほど珍しくなかった、という。

「本来で言えば被害者になるはずが、あまりにも動じなさすぎたらしくてさ。前の中学から転校する前には、担任と、あと親からも俺にも問題があったんじゃないかって言われたよ」

「はあ？　何でそうなるんだよ、おかしいだろっ」

「うん。だから、晃太のそういうところ」

くすりと笑って首を傾げて、仁哉は続ける。

「あの時、すごくほっとしたんだ。俺は俺のままでいいんだなって、初めて思えてさ。高校の時の弁当だって、ふつうは男のくせにって退くかもの珍しげにされるだろうに、晃太ときたら一気に食べて『美味かったお代わり』だったし？」

「だから仁哉、それ全然誉めてねえって」

「晃太のそういうとこも、俺は昔から好きだよ。……あと、幸春のことだけど」

渋い顔をした晃太郎に満面の笑みで言ったかと思うと、仁哉はふと真顔になった。

「晃太が嫌われてるってことはまずないね。どっちかっていうと、やたら晃太を意識してる方かな。本人の自覚は薄いみたいだけど、文句を言って絡んでいく時点で確定」

仁哉曰く、好き嫌いが非常に激しく、興味のない相手や嫌いな相手にはいっさい自分から近づかないのが幸春なのだそうだ。

「子どもの頃から見た目詐欺とか言われて、かなり厭な思いをしてきたみたいでね。大学の時のアレは、じゃあ見た目を封じたら周囲はどう出るかっていう実験をしてたらしいよ」

「何だそれ。複雑怪奇すぎ。……なあ、先週のアレ、キスしてたと思ったやつって、結局おれの見間違い、でいいんだよな？」

そういえばと思い出して念のため訊いてみると、仁哉はあっさり頷いた。

「頼まれてもまずやらないよ。幸春の反応も、病院で見た通りだしね」

「……しっかり抱き抱えてたくせに」

「だってあの雨だよ？　手を放したら水びたしでおまけに本人に意識がないとなると、結局全部こっちが世話しなきゃならないだろ。そんなのあり得ない」

情熱的に見えたはずの場面も、聞いてみれば大概だ。この際とばかりに、晃太郎は少し意地悪く頬を歪めた。

「幸春とつきあってるって話を否定しなかったのは何でだ?」

「……もしかしたら妬《や》いてくれるんじゃないかって思ったんだよ。なのに晃太ときたら祝福なんかするから、どれだけ絶望したか」

「そりゃお互いさまだろ。おれが自分の気持ちを自覚したの、あの二時間ほど前だぞ。否定しないし振り向きもしないしで、もう手遅れなんだと思った」

「振り向いたりしたら情けない顔してるのが丸見えになるだろ。そんなの見せたくないし」

「こっちもだ。顔見られたら絶対、嘘がバレると思ってた」

顔を見合わせるなり、ほぼ同時に苦笑していた。つまり、そこでもある意味で具合よく行き違っていたわけだ。

「ついでに、幸春に触るなってのはどういう意味だったんだ? てっきり、他の奴には触らせたくない、だと思ったんだが」

「まさか。逆だよ」

「……逆?」

「俺が相手でも抱きついてくるんだから、晃太相手なら絶対やると思ったんだ。それは絶対厭だなって」

「……おい」

それは、いくら何でも幸春が可哀想すぎないか。思わずため息をついた晃太郎に、仁哉はむっと顔を顰める。ずんずんと近づいてきたかと思うと、ぴったり隣にくっついて座った。

「もうひとつ。幸春を抱えてれば、晃太に触らずにすむよね」

「……はい？」

「あの時も俺、ぎりぎりだったんだよ。晃太に触ったら、間違いなく二の舞になってたと思う」

「二の舞って、――っん」

訊いた声ごと、齧りつくようなキスをされる。反射的に逃げかけたら顎を摑まれて、かえってキスを深くされた。

「まあ、こういう意味。昨夜よりもっときつかったかもね」

「まじか」

そこまで聞いて、晃太郎は額を押さえる。

今になって、先ほどの幸春の言葉の意味を思い知った気がしたのだ。つまりは全部が誤解で、変に拗れていただけの話だった、という。

「晃太？　どうしたの」

「自己反省中。しばらく放置でよろしく」

怠《だる》い身体を捩《よじ》って、晃太郎はソファの背凭《せもた》れに顔を埋《うず》める。ややあって、つんつんと肩をつつかれた。

「そのままで聞いてもらっていい？　提案があるんだけど、晃太のアパートの更新って来年だったよね。それ、やめてうちに来ない？」

「……え？」

思いがけない言葉に、反射的に顔を上げていた。

「実は、祖父から家も店も土地も俺の名義にしていいって言われたんだ。ちょうど晃太の更新時期とも近いから、それに合わせて一部改装して、晃太の部屋も確保できたらと思って。休みも別で住むところまで違うと一緒にいる時間もなかなか取れないよね？　で、いずれは名義を晃太と連名にしたいなと」

「え、いやちょ、待て仁哉、それはちょっと」

慌てて制止したら、仁哉はとたんに気落ちした顔をした。それへ、晃太郎はすぐさま首を横に振る。

「……厭なのか？」

「いや、嬉しいぞ。けどさ、そういうのは簡単に決めていいことじゃあ」

「簡単に、決めたつもりはないけど？」

むっとした顔でじーっと見つめられて、晃太郎は困惑する。なのに、気持ちはするすると柔らかくなっていった。

「そのへんは、さ。急がずに考えないか。その、一緒に、さ」

「急がずにって、晃太」

「とりあえず、来年は更新しない方向にするんで。……よろしく？」

思い切って言ってみたら、仁哉は嬉しそうに笑った。


一歩進んだのなら、あとは先を行くだけだ。

最初から諦めるのでなく、叶《かな》わないと決めるのでなく、自分には無理だと落ち込むのでもなく。

自分を信じきれないなら、その自分を十年、傍で見てくれていた仁哉を信じて。


……ずっと先の明日にも、傍にいられるように。

あとがき

おつきあいくださり、ありがとうございます。今さらに某ネットゲームにハマった結果、「ゲシュタルト崩壊」の意味を身を持って実感した椎崎夕です。

……いえ、最近はずいぶん落ち着きましたが。

今年になってお気に入りの珈琲店が増えたのですが、店によってオーダーがカフェオレか珈琲にきっぱり決まっている模様です。

味音痴疑惑、もとい確信がありますので味で選んでいる、……はずはないと思うのですけれども、うーん。自分でも何でそうなるのかわからない。

ちなみに以前からのお気に入りの店では店名入りのカップで出てきますが、新しく見つけた店では大昔に私が持っていたマグカップと同じシリーズの珈琲カップで出されます。それが定番かと思っていたら、先日頼んだお代わりではまるで違うテイストのカップが出てきて、友人とふたりして「ここって別のカップもあったんだ……」ときょとんとしましたが。

というわけで、今回の話は同級生同士で珈琲店です。

まずはカワイチハルさんに。人物描写に乏しい文章にもかかわらずイメージ通りのラフをいただけて、とても嬉しかったです。心より感謝申し上げます。

毎度のごとく多大なご面倒をおかけしてしまった担当さまにも、御礼とお詫びを申し上げます。本当に、ありがとうございました。

末尾になりましたが、この本を手に取ってくださった方々に。

ありがとうございました。少しでも楽しんでいただければ幸いです。

椎崎夕

✦初出　明日になっても傍にいる……………書き下ろし

椎崎 夕先生、カワイチハル先生へのお便り、本作品に関するご意見、ご感想などは
〒151-0051 東京都渋谷区千駄ヶ谷 4-9-7
幻冬舎コミックス　ルチル文庫「明日になっても傍にいる」係まで。

幻冬舎ルチル文庫

明日《あした》になっても傍にいる

2018年7月20日　第1刷発行

✦著者	椎崎 夕　しいざき ゆう
✦発行人	石原正康
✦発行元	株式会社 幻冬舎コミックス 〒151-0051 東京都渋谷区千駄ヶ谷 4-9-7 電話 03(5411)6431[編集]
✦発売元	株式会社 幻冬舎 〒151-0051 東京都渋谷区千駄ヶ谷 4-9-7 電話 03(5411)6222[営業] 振替 00120-8-767643
✦印刷・製本所	中央精版印刷株式会社

✦検印廃止

ISBN978-4-344-84265-6　C0193　Printed in Japan